Nadie se muere de amor

GÉRALDINE DALBAN-MOREYNAS

Nadie se muere de amor

Traducción de
Andrea M. Cusset

Grijalbo narrativa

Papel certificado por el Forest Stewardship Council®

Título original: *On ne meurt pas d'amour*
Primera edición: enero de 2022

© 2019, Éditions Plon
© 2022, Penguin Random House Grupo Editorial, S. A. U.
Travessera de Gràcia, 47-49. 08021 Barcelona
© 2022, Andrea Montero Cusset, por la traducción

Printed in Spain – Impreso en España

ISBN: 978-84-253-6090-9
Depósito legal: B-17.622-2021

Compuesto en Fotoletra, S. A.

Impreso en Liberdúplex, S. L.
Sant Llorenç d'Hortons (Barcelona)

GR 6 0 9 0 9

Para Milo,
porque si tuviese que enseñarte una sola cosa
sería que no hay nada más hermoso que amar

1

Son las seis de la tarde, y no tiene nada.

Se pregunta si es normal pasar tanto tiempo buscando un regalo para la fiesta de inauguración de la casa de alguien a quien apenas conoces.

Han ido a The Conran Shop, en Le Bon Marché. Han recorrido aprisa todas las tiendas de Saint-Germain-des-Prés. Faltan pocas semanas para Navidad, y hay un montón de gente enloquecida por todas partes. Francia tiene ya la mente puesta en los paquetes que depositará al pie del abeto una mañana que está al caer. Unos amigos que no son de París han venido a pasar el fin de semana. Todo va genial.

Hace apenas unas semanas, su pareja le pidió que se casara con él en Nueva York, en el corazón de esa ciudad por la que ella ha sentido siempre un cariño especial. Hizo bien las cosas, en pie a las seis de la mañana, taxi al aeropuerto de Roissy y suite en un hotel de Manhattan. En lo alto del Empire State se sacó un diamante del bolsillo. Fue todo perfecto. Como de costumbre. No es de los que hacen las cosas a medias.

Ella dijo que sí.

Desde entonces, la historia ha causado sensación en las cenas.

Sigue sin encontrar nada. Cae rendida ante un cenicero. Y se dice que es una verdadera estupidez regalar un cenicero a gente que no fuma. Se queda prendada de una lámpara. Y se dice que es completamente absurdo regalar una lámpara tan cara a unas personas a quienes no conoces.

«Mira, les llevamos un ramo de flores y una botella de champán, y listos».

Él pierde la paciencia. Él, el hombre perfecto, que nunca levanta la voz, no lo entiende. Pero, claro, ¿cómo va a entenderlo? Ese día ni ella lo entiende. No es más que la fiesta de inauguración del piso de los vecinos del segundo del edificio B.

Vuelve a Le Bon Marché. La sección de los regalos de Navidad parece la vía de circunvalación de París en hora punta. Se decide sin pensarlo mucho por una caja metálica llena de papelitos. Hay que leer uno cada día. Una tontería para burgueses bohemios a quienes les gusta gastarse el dinero en tonterías que no sirven para nada. Una tontería que podrá hacerle pensar en ella cada mañana. Desde este momento.

Estamos en noviembre.

2

Hace unos meses que se mudaron a un loft que parece recién salido de una revista de decoración, la clase de apartamento del que solemos decir que solo puede vivir en él gente con mucho dinero.

Ellos no son ricos. Compraron un almacén en desuso a un sirio un poco granuja que gestionaba la rehabilitación de la propiedad. Requería cierta imaginación.

—Y este es el local del que les hablaba, está en la planta baja y da al patio, entre dos inmuebles. Todo está por hacer, como les advertí, pero tiene verdadero potencial. Por el momento, la portera lo utiliza para guardar los cubos de basura, pero el nuevo reglamento de la propiedad prevé que el espacio pase a uso residencial. Hay dos sótanos contiguos conectados por esta escalera. Vengan, se los enseño. Cuidado con las telarañas...

—Y ese agujero en medio del techo, ¿es normal?

—Debía de haber una claraboya tiempo atrás. Habían colocado unos grandes toldos como protección para la lluvia. Ciento cincuenta mil euros es un chollo para este barrio. Tengo a mucha gente interesada, no tarden demasiado en decidirse.

Ciento cincuenta mil euros, setenta metros cuadrados destrozados y dos sótanos a unos minutos a pie del ayuntamiento del distrito Diecisiete. Un chollo.

Firmaron.

Unos días más tarde, él coge un avión a Beirut. Acaba de estallar la guerra del Golfo. Ella empieza a deambular por los pasillos de Point P en busca de materiales. Y a buscar obreros.

El espacio va transformándose ante sus ojos. Los sótanos se convierten en habitaciones, una gran claraboya deja entrar la luz. Abren las paredes; fijan las cristaleras. Dos grandes ventanales dan al patio. Unas inmensas losas de cristal sustituyen el suelo. Hace que retiren el techo para recuperar las vigas de acero, ocultas hasta entonces. Coloca una gran maceta de barro fuera y planta un olivo.

Él regresa de vez en cuando. Para marcharse de nuevo. Siempre ocurre algo en alguna parte del planeta. Ella sigue adelante. Sola. Al menos le da tiempo a preguntarle qué le parecen los grifos que ha encontrado para el cuarto de baño. Si está de acuerdo en que alicate la ducha con azulejos de metro. Está de acuerdo. Vuelve a hacer el petate. Vuelve a marcharse.

Un día se mudan. En unos meses, ella ha hecho de ese sitio un lugar en el que la vida resulta digna de un rincón de Italia. Con un patio lleno de flores en el que dan ganas de pararse a tomar un café por la mañana, una copa por la noche. En fin, ella imagina que en Italia es así.

Es en esa época cuando aparecen los del segundo por primera vez. Ya no lo recuerda muy bien. Vio pasar a su mujer, él iba detrás con el cochecito. La niña aún no sabe andar. No se detienen.

No le gustan los domingos. Siempre se pone un poco melancólica. Su pareja trabaja. En el segundo, una decena de obreros se ponen manos a la obra. Oye los martillazos, la sierra eléctrica, supone que estarán colocando los últimos estantes.

Ven llegar a los polis. Siempre hay personas bienintencionadas. Los ha alertado algún vecino exasperado. Vienen por el ruido; se van con diez trabajadores sin papeles.

Ella quiere avisarlo. Pide su número de teléfono a la portera. Aún no le han conectado la línea. No tardarán en instalarse.

Se abre la puerta del patio. Ve la silueta recortada contra la luz. Avanza. Ella lo observa. Él no aparta la mirada. Ella tiene la impresión de que todo su ser se desmorona. Él avanza. Sigue sin decir nada. Ella se obliga a hablar. Le dice que trataba de localizarlo. Sostiene un ejemplar de *Le Monde* entre las manos. Él sigue sin decir nada. Se saca una pluma del bolsillo. Apunta su número de móvil en una esquina del periódico. A ella le tiemblan las manos. No es capaz de sujetar el periódico. Él tampoco.

Ahí están, los dos, en medio de la entrada, con los polis, los obreros, la gente; ahí están, se miran, se encuentran tan cerca el uno del otro que ella podría oír los latidos de su corazón. Sus ojos se sumergen en los de él, el tiempo se ha detenido; llegan unos vecinos, el tiempo se reanuda.

Ella no se mueve. Ya suman una decena.

—Está claro que hay que ir a la comisaría.

—No. En cualquier caso, la responsable es la empresa.

—¿Tienen permiso de obras? Bueno, pues es cosa del contratista.

—Sí, claro, el domingo las obras son un engorro.

Él se disculpa. Los vecinos dicen que tampoco es tan grave.

—No vamos a enfadarnos por una pequeñez.

—De todos modos, ¿han terminado?

—Sí.

Tienen pensado mudarse el fin de semana siguiente.

Todo el mundo habla. Ella está ahí en medio. Sigue sujetando el periódico. En una esquina, hay un número de teléfono garabateado con pluma. Está confundida. Confusa. Intuye, de forma inconsciente. Pero no acaba de entenderlo. Todavía no.

Él ha vuelto a marcharse.

Por la noche, ella ha tirado el ejemplar de *Le Monde*. Antes se ha guardado el número en el móvil. Como si fuese inevitable. Le llevará mucho tiempo poder explicarse por qué.

Estamos a 11 de noviembre.

3

No sabe qué ponerse. La ropa se amontona encima de la cama. Acaba con unos vaqueros, una camisa blanca y unos botines. Los largos pendientes le acarician el cuello. Se siente febril. Mira la hora. Por enésima vez. Los segundos no pasan. Un estremecimiento le recorre todo el cuerpo. Está segura de que él la espera. Porque la espera. Ella lo sabe.

La música escapa por las ventanas abiertas del edificio B. Suben con sus amigos llegados del sur. Él les abre la puerta. Ella le da un beso. Le tiende la caja con los papelitos dentro. Él se deshace de ella sin abrirla.

La presenta a sus amigos, ella se queda con los suyos, con su pareja. Hay mucha gente, como en cualquier inauguración. Hay ruido, alcohol, movimiento, y están ellos.

La noche pasa, y él la pasa con ella. Se obliga a hablar con los demás, con su mujer, con sus amigos, vuelve hasta ella. De manera infatigable. Sus miradas se encuentran. Con frecuencia. Con excesiva frecuencia.

Hablan.

Es tarde. No quedan más que algunos amigos íntimos. Ella sabe que deben marcharse, que no tienen nada que hacer allí. Y, sin embargo, podría quedarse hasta que saliera el sol.

—¿Nos vamos?

—Venga, vámonos.

Esa noche se convierten en algo más que vecinos. Esa noche se convierten en cómplices. Aún no se atreven a etiquetarlo, claro. No quieren, claro. Él acaba de mudarse con su mujer y su hija. Ella está organizando su boda. Experimentan ese estremecimiento fugaz y lo esquivan.

Más tarde, dirán que ya lo sabían. Pero por el momento no lo sienten por completo. Lo presienten.

Ella baja a acostarse con su pareja.

Seguimos en noviembre.

4

Los vecinos del segundo se instalan. Se cruzan, charlan, se invitan. A ella no le gusta su mujer. Solo le gusta él. Él no es del todo feliz. También le gusta su hija. Tiene un año y medio. Los rasgos de su madre. Él conoció a su esposa en Montreal. Es americana, tenía previsto regresar a Estados Unidos al acabar los estudios. Se mudó a Francia. Por él.

Hablan a menudo en la entrada. Él baja cada vez que celebran una fiesta. Siempre solo.

Esta noche ha llegado tarde. Son las tres de la madrugada, quizá más tarde. Aún hay gente.

Ella está sola. Su pareja está en alguna parte de la otra

punta del mundo. La organización de la boda no avanza. A ella le gustaría celebrarla en Marrakech; a su chico, en el patio del edificio.

—Casarse en Marrakech es esnob. Odio el rollo esnob.

—Si no te gusta el rollo esnob, ¿qué haces conmigo?

—Eres lo único esnob que me gusta. Además, es carísimo. No podemos pedir a la gente que se gaste tanto dinero para asistir a una boda.

—He negociado con la agencia de viajes cuatro días y tres noches por menos de trescientos cincuenta euros.

—La tía Évelyne no soporta el avión, le da miedo, ¿le dirás que vaya nadando?

—La tía Évelyne me da igual, no está invitada.

—¿Cómo que no está invitada?

—No vamos a hacer algo con familiares tuyos a los que yo no conozco y tú no has visto en veinte años. En serio, ¿quieres explicarme qué interés tienes en pasar ese día con gente que te importa un bledo?

—A mi madre le hace ilusión.

—Tu madre no tiene más que volver a casarse si desea complacer a la tía Évelyne.

—Vale, tú llámala y le cuentas que las familias no están invitadas. Ha avisado ya a todo el mundo para que se reserven la fecha. Le encantará.

—¿Y cómo se le ocurre avisar a todo el mundo antes de que hayamos decidido a quiénes invitamos?

—Te recuerdo que se supone que nos casamos el veintiséis de junio. Quizá vaya siendo hora de avisar a la gente, ¿no?

En el fondo, él no quiere hacer nada en absoluto. Él querría un hijo de ella. La habitación del bebé aguarda, estaba prevista en los planos.

A ella le parece bonito casarse. Se imagina con un traje sastre Yves Saint Laurent blanco y un gran ramo de rosas. Al final, después de varias pruebas con su madre y las testigos, encontró un vestido sin tirantes blanco con caída estilo princesa. Y eso que se negaba a enseñar los brazos. Reconoce que le queda muy bien.

—Estás preciosa, cariño.

—Mamá, claro que un vestido es bonito, pero un traje sastre Saint Laurent con zapatos de tacón Louboutin es de lo más estiloso.

—En serio, ¡no vas a casarte en pantalones!

Puestos a casarse, más vale seguir la tradición. Pide que le reserven el vestido, promete que volverá para pagarlo.

Aún no sabe que no volverá. Nunca.

26 de junio. Ya solo queda rellenar el expediente del

ayuntamiento para publicar las amonestaciones. El documento espera encima de un montón de revistas en la mesa del salón. Una noche montó en cólera y dijo que de eso no se ocuparía ella. Está harta de ocuparse de todo mientras él recorre el mundo. Empieza a sentir que acabará mandando todo al garete.

La noche en cuestión, sin embargo, todo eso queda muy lejos. Se ve lejos de su pareja, que está lejos de ella… Está lejos de todo, está borracha.

Todas han bebido demasiado. Se conocieron hace más de diez años en los pasillos de Ciencias Políticas. Se pasaban las noches bailando y repartiendo besos por todo París. Se acuerdan de las resacas del día siguiente, de la vuelta del club Castel en el primer metro, de relaciones que debían durar una vida y no duraron más que una noche… Mil historias que rememoran de manera incansable después de cenas regadas con alcohol. No sabe qué haría sin ellas. Son su universo, su día a día. Son amigas.

Aunque esa noche tampoco piensa en eso. Es más, no piensa en nada. Ríe sin hacer ruido. Él está ahí. La mira. Se deja acunar por el lento vaivén del columpio que cuelga del techo del salón. Le habla, y ella ríe sin hacer ruido. Son las cuatro de la madrugada, están solos. Hablan, se han olvidado de los demás, que hablan alrededor, que bailan alrededor, que beben alrededor, que los miran diciéndose que ahí ocurre algo. A ellos les da igual. Se acercan, los ojos de él reflejan deseo, también los de ella. Un deseo que crece, tan intenso que se vuelve violento.

Y él se va.

Esa vez lo saben. Esa vez han sentido que un estremecimiento les recorría todo el cuerpo. Jamás podrán volver a negarlo. Él ha sentido el peligro de que su vida dé un vuelco, ahí, en un instante, en un columpio en el corazón de Batignolles… Ha sentido que ese deseo desmesurado le estallaba en la cabeza e inundaba la habitación. La tensión palpable que se liberaba de sus cuerpos e invadía el espacio.

Ha sentido que empezaba a empalmarse, en ese columpio… Con solo percibir su olor, con solo ver su piel. Ha sentido que podría vender su alma al diablo con tal de tomarla. Ha sentido que ella solo esperaba eso, que él la tomase, ahí mismo.

Más adelante, le contará que esa noche habría dado cualquier cosa por entrar dentro de ella. Le contará que, ya en su casa, la espió por la ventana durante un buen rato. Su mujer dormía en la habitación de ambos. Él se tumbó en el sofá y cerró los ojos. Se acarició mientras se la imaginaba encima de él. Le contará que disfrutó.

Ella responderá que esa noche lo habría dado todo por que entrase dentro de ella. Le contará que se acostó. Que cerró los ojos. Que se acarició mientras se lo imaginaba en su interior. Le contará que disfrutó.

Esa noche hicieron el amor juntos por primera vez. Sin saberlo. Cada uno por su lado.

Esa noche, sobre todo, sintieron que ya nada volvería a ser como antes. Que a partir de entonces avanzarían por la cuerda floja. Que bastaría un tropiezo para que los dos cayeran. Que era solo cuestión de tiempo.

Estamos a 13 de diciembre.

5

El mes de diciembre transcurre con lentitud. Ella cancela la boda. Si es que no se había cancelado sola. Pierde a su abuela, su pareja vuelve a marcharse a Siria. Está sola, se consuela diciéndose que su relación no corre el riesgo de caer en la rutina, que es una mujer sumamente independiente.

Solo sueña con domingos en pareja.

Pasan las fiestas. Los dos se cruzan. Menos que antes. Hace frío. El patio está desierto.

Principios de enero, la vida se reanuda con calma. Suben al segundo a cenar. Han invitado a otra pareja de amigos a los que ella no conoce. Le da igual. Solo lo ve a él. El resto no le interesa.

Está sentada a su lado. No podría ser de otra forma. Están ellos y los demás. Se comen con los ojos de manera discreta. Se rozan inocentemente. Hablan de sexo. Dos parejas de burgueses bohemios con niños pequeños, ella y su pareja, también burgueses bohemios pero sin haber pasado por la casilla parental... Al menos de momento. Es solo cuestión de tiempo.

Ella ha decidido dejar de tomar la píldora. Habrá niño, boda no. Las ganas le llegaron de repente. Una mañana. Se levantó con un dolor de cabeza espantoso; la noche anterior, alguien, no sabía quién, había llevado una botella de alcohol malo. A menos que fuese para mezclar. Sin duda había bebido demasiado. Había empinado el codo demasiado, había fumado demasiado, no podía seguir así. Se levantó y se dijo que quizá el momento había llegado por fin.

El momento peor escogido, el más inconsciente para tener un niño. El momento en que todo se tambalea en su interior. Último intento desesperado de aferrarse artificialmente a un equilibrio que, en el fondo, se le escapa ya. Pronto cumplirá treinta años, buena edad para ser madre.

Sin embargo, nunca ha tenido muchas ganas de tener niños. Intenta actuar como todo el mundo. Se muestra encantada cuando le plantan un bebé delante como si fuese un trofeo. Es algo que suelen hacer las madres jóvenes. Ve que sus amigas se derriten de amor. Ella finge emocionarse, se dice que el deseo de ser madre tal vez sea como el apetito, que te entra comiendo. No desea estar embarazada, ni pasar meses con alguien en su vientre, ni parir ni perder su libertad.

Aun así, intenta convencerse diciéndose que existen patrones de vida que hay que saber respetar. Llevan cuatro años juntos. Tienen una casa, una cuenta común, les falta el monovolumen y el perro, pero un crío quedará bien en la foto de la pareja ideal mediático-periodística parisina.

Ha dejado de tomar la píldora.
Su chico está feliz.

Se encuentran en esa cena, y quizá esté embarazada sin saberlo todavía. Escucha a los demás hablar de la vida después. Todo es muy moderado, educado, insinuado. A medida que la velada avanza, las palabras se vuelven más afiladas. Nota que emergen las tensiones cotidianas, las frustraciones del uno contra el otro, del uno hacia el otro, del uno a causa del otro. Ascienden a medida que las copas se vacían.

—Pues claro que es complicado hacer el amor por la

mañana. Los críos se levantan temprano. Entran de improviso en nuestra habitación, ¿qué vas a hacer? ¿Decirles: «Niños, sed buenos e id al salón, que papá quiere jugar con mamá»?

—Por la mañana los críos se levantan temprano, y por la noche tú estás reventada.

—Qué mono, pero vive mi vida y ya veremos si a las once, cuando te acuestas, tienes unas ganas locas de desmelenarte.

—Lo sé, cariño… Pero, bueno, nuestros niños son maravillosos.

Ella escucha. Observa a esas parejas que viven una vida muy distinta de la suya. Comprende, aunque no lo hayan dicho a las claras, que no hacen ya el amor por las mañanas. Supone que no hacen el amor en absoluto. Se ven dominados por el hastío. Tanto si no se dan cuenta como si no quieren darse cuenta. Él no dice nada. Él la mira.

Ella dice que no puede vivir sin hacer el amor. Que enseñará a sus hijos a levantarse tarde. Que les regalará la colección completa de *Los Legendarios*. Que les pondrá somníferos en el biberón.

Dejar de hacer el amor. Más le valdría dejar de respirar, de beber, de comer. Mejor dejar de vivir.

Él la mira. Ella advierte que no le quita ojo. Le roza la pierna por debajo de la mesa, le mira las manos, apoyadas tan cerca. Continúa sintiendo ese deseo creciente.

Incluso ahí, él con su mujer delante, ella con su chico acariciándole el brazo con ternura. No sienten más que esa atracción física incontrolable. Pero la controlan todavía.

Es tarde. Bajan a acostarse. Lo besa en la puerta. Casi podría correrse con el mero contacto de los labios de él en su mejilla.

Estamos en enero.

6

Ella no recuerda todos esos momentos compartidos. Los ha olvidado, claro. Su memoria solo ha retenido los más intensos. Ha olvidado las noches en que él baja la basura con demasiada frecuencia, en que pasa por delante de su casa con cualquier excusa, cuando va a pedirle un cigarrillo, él, que no fuma. Ha olvidado los primeros mensajes de texto anodinos en los que él le pide el número de un alicatador, la dirección de una frutería, una idea para un regalo, la mejor floristería del barrio. Esos mensajes de los que después nunca hablaban, como si fueran el jardín secreto de ambos, el rastro de una intimidad inconfesada, inconfesable.

Hacen de todo para verse, para entreverse. Cada ocasión es un pretexto para celebrar algo, cada celebración es un pretexto para invitarlos, para invitarlo.

Es la Candelaria. Ella sigue sola. No recuerda ya dónde está su pareja. Solo sabe que está sola y que ha enviado un mensaje al vecino del segundo para proponerles que bajen a cenar. La multitud de las grandes ocasiones desembarca en el loft. Las chicas hacen crepes. Él trae sidra. No. Ellos traen sidra. Esa noche baja con su mujer.

Ella recuerda que fue una velada agradable.

¿De qué hablan durante esas cenas que se prolongan siempre hasta el final de la noche? De la vida, sin duda. Una de las chicas acababa de salir de su última clase de teatro. Se había pasado la tarde fingiendo orgasmos. Daba igual quién fuera su pareja, hombre, mujer, guapo o feo. Recuerda que todas empezaron a hacer lo mismo, bajo la mirada asombrada de los chicos. Se rieron al percatarse de que ellos imaginaban que las mujeres no fingían nunca. En cualquier caso, no con ellos.

—No, a mí no me ha pasado nunca, os prometo que me habría dado cuenta. Cuando una mujer disfruta lo notas; si le prestas atención, no puedes no verlo.

(Sonrisa).

—¿Y de qué te habrías dado cuenta?

—Si una mujer fingiese un orgasmo, estoy seguro de que lo notaría.

—Confía en mí. No hay un solo hombre capaz de saber si una mujer finge o no. Ni uno, ¿me oyes?, ni uno, ni tú ni ningún otro. Y no conozco a ninguna mujer, ni una, ¿me oyes?, que no haya fingido algún día para que aquello se acabase porque tenía ganas de dormir o quería irse al gimnasio... o simplemente porque sabía que no iba a correrse. Porque ese día está pensando en otras cosas, en un problema en el trabajo, en algo que ha olvidado comprar para la fiesta de Nochevieja, en los billetes de tren que no ha reservado para ir a esquiar, en fin, porque en ese momento está haciendo el amor, pero de hecho tiene la cabeza en otra parte.

—Nadie piensa en comprar un billete de tren mientras hace el amor.

—No, un hombre no piensa en un billete de tren mientras hace el amor. Una mujer... no estoy tan segura.

Hablan de política, de trabajo, de amor, del futuro, de todo y de nada.

Se acuerda de que lloró de tanto reír mientras atacaba una crep de chocolate, plátano y chantillí. Se acuerda de que él era incapaz de quitarle el ojo. Seguía mostrando ese deseo, pero sumado a algo más. Una ternura, una dulzura, una fascinación por su alegría de vivir. Iba más allá del mero deseo.

Al día siguiente, una de las chicas le dirá que el vecino

del segundo la miraba de una forma extraña. Ella responderá vagamente que no notó nada.

Está loco por ella.

Ella lo sabe. Lo ha visto. Más que nunca. Ha visto que le brillaban los ojos, que la devoraban como se devora una estrella fugaz que puede desaparecer en cualquier momento. Como si quisiera grabarse en la memoria la más leve de sus sonrisas, sus ojos, su rostro...

Lo ha visto. Y no es la única.

Su mujer también lo ha visto. Ella, que no suele estar, observa. Y ve. Se marcha temprano. Pide a su marido que vuelva a casa con ella. Esa noche, él no se queda.

En la escalera, su mujer le dirá que está perdidamente enamorado de la chica de abajo. Que la mira como nunca le ha visto mirar a ninguna mujer. Él lo negará. Intentará poner fin a la conversación con una sonrisa tierna y un poco irónica al tiempo que le pregunta si está celosa. Tomará a su mujer entre sus brazos y pronunciará las palabras que ella necesita oír, la tranquilizará.

Esa noche, por primera vez, lo ha visto. Lo ha sabido. Y prefiere olvidar.

7

Ellos no lo olvidan. Tienen altibajos. Hay momentos en que no se ven, en que no piensan en ello. Y momentos en que no piensan en nada más.

Siguen haciendo todo lo posible por verse. Un domingo, él baja a buscarlos para proponerles comer juntos en un pequeño restaurante italiano que no queda lejos. Hablan del futuro, de su visión de la vida, de sus sueños. Ellos piensan mudarse a Nueva York. Su mujer quiere volver a casa, montar un negocio allí. Él quiere ocuparse de su hija.

Ella siente que la invade una inquietud inmensa. Se le acelera el pulso, le cuesta respirar, intenta calmarse, no dejar traslucir nada. Todo su ser se derrumba, participa como una autómata en la conversación, tiene la mente nublada, sonríe, habla, nota un nudo en la garganta que ocupa cada vez más espacio, que pronto le impedirá hablar, respirar, trata de razonar consigo misma diciéndose que está siendo ridícula, no puede hacer otra cosa.

Va a tener que dejar de verlo.

Dejar.

Tener.

Ya no toma la píldora.

Intenta tener un niño con su pareja. Él piensa marcharse a Estados Unidos con su mujer y su hija.

Le aterra la idea de no verlo más. Como si la idea de que se vaya lejos de ella le resultase intolerable ya.

Él se va al día siguiente. No a Nueva York. Tres semanas fuera por trabajo, en Francia. Tres semanas alejado de ella. Tres semanas durante las cuales ella quiere obligarse a olvidarlo antes de que tropiecen, antes de que caigan. Tres semanas que harán saltar sus vidas por los aires.

Se escribirán. No se llaman. Todavía no. Los mensajes derriban las últimas barreras que los separan de la intimidad.

Comienzan con uno al día, después dos, después diez. Las palabras se convierten enseguida en una droga. No apagan ya los móviles, ni de noche ni de día. Los ponen en vibración cuando están reunidos, por miedo a perderse la llegada de una noticia que suponga una bocanada de oxígeno. Viven al ritmo de esas palabras, cada vez menos anodinas. Cada vez más personales. Fuerzan los límites, se hacen confidencias, se besan por escrito.

Será ella quien empiece. Un año después, aún se acuerda de las palabras que intercambiaron, de su impaciencia, de las horas que pasaba esperando cuando él no podía responder...

Da un beso a las marmotas de mi parte
Un beso desde Montceau-les-Mines
Y mi beso desde la ciudad más bonita del mundo
Estoy a orillas del lago Lemán, tomándome una cerveza. Un beso
Por qué no me contestas?
Yo no estoy bebiendo, estoy trabajando. Brinda por mí
Estoy en una reunión con una empleada de correos que tiene un perro salchicha, aburrido, esperando tus mensajes
Es guapa?
Menos que una encantadora periodista a la que conozco
Me escribes después de cenar?
Qué estás haciendo?
Ver la tele
Qué ves?
Una parida de programa de Jean-Luc Delarue. Ha ido bien la cena?

Una noche agradable

Cuándo vuelves?

Vuelvo mañana. Y pienso en ti

Yo no pienso más que en ti

Mi corazón se debate entre una ola de pánico y una dulce impaciencia

Puedes elegir entre la banda sonora de *Lost in Translation*, un almuerzo o un beso

Prefiero un beso

Entonces te mando un beso

Prefiero un beso de verdad

A veces él apaga el móvil, dominado por la angustia, desolado por el futuro, por el desenlace que se acerca y que los dos saben inevitable. No sueñan con otra cosa. No hay nada que pueda contenerlos ya, aunque adivinan que no hay salida, que habrá sufrimiento, lágrimas… El deseo y la atracción son más fuertes que cualquier razonamiento, que cualquier reflexión.

Avanzan por la cuerda floja. Tropiezan jugando con las palabras. Es solo cuestión de días, de horas, antes de que caigan de verdad.

La última noche, él le envía un último mensaje:

El tren se ha parado en pleno campo. Y pienso en ti

Ella no puede responder. Por una vez, no está sola. Está en casa, con su pareja y unos amigos que han ido a cenar.

Unas horas más tarde, lo ve entrar en el patio con la maleta. Ha vuelto. Se acabó el tiempo de lo virtual.

Estamos a 19 de febrero.

8

Las tuberías han reventado. El agua invade todos los rincones del apartamento. La vecina del fondo del patio mira aturdida cómo su salón se transforma en una piscina. No dice nada, no se mueve, es incapaz de saber qué hay que hacer para que cese esa pesadilla.

Ella llega del loft con un té y algo para picar. Aún no ha franqueado la puerta y ya nota su presencia. Percibe que él está ahí. No lo ha visto desde aquellos últimos mensajes. Fue hace dos días. Lo vio pasar la víspera, con su mujer y su hija. Lo vio en la ventana, mirándola. Pero todavía no han hablado. Tiene miedo de que la magia se esfume.

Él está en un rincón del salón, con los pies en el agua, buscando el número de un fontanero. Le da la espalda, pero la percibe. En ese instante, saben que el hechizo no se romperá. Que la emoción sigue ahí, más fuerte que nunca.

Continúan en casa de la vecina. Todavía hay que encontrar a un fontanero. Y se ven incapaces de reflexionar, de pensar. No sienten más que esa ansia animal de tocarse.

Es la primera en hablar, explica que van a ir a su casa, que tiene las páginas amarillas, que buscarán el número de un fontanero y regresarán, que dejan a la vecina un momento pero volverán. Se alejan hacia el loft, sin hablar. Ella le ofrece un café, se devoran con los ojos, actúan como si todo fuese normal a pesar de que nada lo es. Sus palabras no se corresponden con sus pensamientos.

Se rozan, y él la empuja contra la pared, busca sus labios, hace un esfuerzo enorme para soltarla, alejarse de ella aun cuando no quiere más que alimentarse de su boca, saborearla, aspirarla, beberse su saliva. Desearía hacerle el amor allí mismo, contra la puerta del armario de la entrada. Su mujer lo espera para comer dos plantas más arriba; la pareja de ella se ha marchado a la otra punta del mundo. Desea tomarla. Allí mismo.

Se separan, regresan al salón, donde, por las grandes cristaleras que dan al patio, ven a la mujer de él en la ventana, buscándolo. Él le grita que no tardarán mucho, que tratan de encontrar el número de un fontanero para la vecina inundada, que luego sube.

Se sienta delante de ella, de espaldas a la pared. Ella

está en el sofá, con las piernas cruzadas. Se comen con los ojos. Aún nota el olor de ella en las manos, el sabor furtivo de su boca en los labios. Están como anonadados por esa atracción incontrolable, solo sueñan con volver a empezar, y él le dice con un hilo de voz:

—¿Qué va a ser de nosotros?

Han caído.

Estamos a 22 de febrero.

9

El día anterior, él volvió a casa como en trance. Con una sola obsesión. No dejar traslucir nada, actuar como si todo fuese normal. Ha pasado el domingo en familia, pensando solo en ella, sin que nadie lo advirtiera.

Al caer la noche, ella le ha propuesto que baje a tomar algo. Él ha aceptado. El deseo era insoportable. Una necesidad que solo podía adivinarse, una necesidad que había que disimular. Entre la multitud.

Ella ha invitado a todo el mundo. Se ha dicho que, entre los demás, podría mirarlo. Que cuantos más fueran, más podría mirarlo.

Él no se ha presentado.

Ella no pensó en otra cosa en toda la noche. Está en el trabajo delante de la pantalla del ordenador. Se dice que debe ponerse a trabajar de verdad. Y no deja de pensar en él.

Se pasó la velada atrincherada en el sofá mirando por la ventana. Los demás hablaban, bebían, reían. Ella también. O lo intentaba. Pero no pensaba más que en una cosa. En mirar por la ventana. Aún no sabe que pasará horas, días, noches enteras, semanas, mirando esas ventanas. Lo acechaba. Él la miró. Estaba pegado al cristal, con los ojos fijos, y la miraba. Él observó hasta el movimiento más leve de ella, su gesto más leve. La miró. La vio reír, comer, beber. Vio que ella también lo miraba. Se miraron así, de una planta a la otra, se espiaron. Hace unos días los separaban cientos de kilómetros; anoche, apenas unos metros. Fue peor.

Sigue delante de la pantalla del ordenador. No se decide. Quiere llamarlo. Enviarle un mensaje. Se dice que la vida es una locura. Que puedes construir durante años todas esas cosas que tranquilizan a tus padres, a tus amigos, a la sociedad. Comprar un bonito apartamento, planificar una boda, un bebé... Y que todo puede irse al garete.

Se sobresalta.
Mensaje:

Tienes e-mail?

Le envía la dirección.
Recibe:

Asunto: Beso real

Por lo que respecta a anoche: o me quedaba en casa,
o iba y te besaba delante de todo el mundo.
Por lo que respecta a dentro de un rato: 13 horas en el
Fumoir, rue de l'Amiral-Coligny (detrás del Louvre).
Por lo que respecta al resto, reina el pánico.

Responde:

Por lo que respecta a las 13 horas, mi corazón se debate
entre una dulce impaciencia y una ola de pánico...
Ayer hiciste bien en no bajar, no sé cómo se lo
habríamos explicado a los vecinos...
Por lo que respecta a esta noche, espero que hayas
dormido... Al menos uno de los dos habrá descansado.
Tengo la impresión de que justo empiezo a respirar
después de dos días terribles...
Aparte de eso, voy de mal en peor. Intento pasar más
de un minuto sin pensar en ti, y no hay manera.
Debería empezar por treinta segundos.

Recibe:

Yo consigo dormir. En cambio, he perdido el apetito.
Si no te veo, me moriré.

De esa comida, ella recuerda que él llegó muy tarde, que la invitó, que tenía una tarjeta nueva y no se acordaba del código, que ella le regaló el DVD de *La mujer de al lado*, que hablaron de que quizá podrían acostarse, que tal vez sufrirían una decepción, que los calmaría, del risotto, de que él pagó con un cheque, de que ella no tocó la ensalada, de sus ojos, de que ella se había puesto el abrigo blanco, de que él la deseaba, de que ella lo deseaba.

Ella recuerda que conversaron, rieron, que la complicidad entre ambos resultaba desconcertante, que charlaron como si se conocieran desde siempre, como si se hubiesen visto a solas ya en cientos de ocasiones, pese a que era la primera vez. Recuerda que estuvieron bien. Extremadamente bien.

Recuerda que hablaron de los primeros estremecimientos, él quería saber cuándo había sentido ella que la invadía el deseo por primera vez, ella quería saber cuándo había soñado él con ella. Si ella se acordaba de la inauguración, si él se acordaba de la Candelaria. Estaban subyugados por aquella oleada de sentimientos que invadía sus cuerpos. Se dejaban llevar por el pánico, se preguntaban qué iban a hacer, se repetían que estaban locos, que era increíble, que deseaban que el mundo entero viviera lo mismo. Se decían sobre todo que, a fin de cuentas, quizá vengamos al mundo solo para vivir algo así.

Recuerda que no se decidían a irse, que se decían que podían intentar ser amigos, que no se veían capaces, que el deseo los estaba matando, que él le tomó la mano, que ella se fumaba un cigarrillo detrás de otro, que él también fumaba.

Recuerda que salieron porque, incluso para una periodista, hay un momento, después de las cuatro, en que más te vale volver a aparecer por la oficina, que él la estrechó entre sus brazos delante de la iglesia, que se besaron. No se besaron sin más. Se besaron como si fuesen a morir después, como si se tratase del último beso, sin poder parar, como si por fin respiraran después de contener la respiración durante meses. Se comieron, saborearon, devoraron.

Con glotonería, con avidez.

Recuerda su boca pegada a la suya, su lengua invadiéndola, que su vientre se puso a gritar de deseo. Lo recuerda todo.

Él podría haberle hecho el amor allí mismo, entre los arbustos de delante del ayuntamiento del distrito Uno, en su Smart, que esperaba en la planta sótano del aparcamiento, protegidos por cualquier puerta cochera del barrio, les daba igual.

No hicieron nada.

Lo dejó en la estación de metro de Porte-Maillot.

Estamos a 23 de febrero.

10

De: o.r@h&b-abogados.com
Para: elle@yahoo.fr

24/02/2004 17.48

Asunto: Guía de emociones

Definición del pánico, encontrada en internet:

Experiencia con fuertes connotaciones corporales: se
trata del malestar resultante del hecho de rechazar una
experiencia emotiva o una preocupación importante.

¿Qué es una emoción rechazada?
Una experiencia con fuertes connotaciones corporales.

¿Qué intenta hacer?

Intenta desviar nuestra atención para atraerla hacia el malestar que resulta de la misma.

¿Qué podemos hacer?

Descodificar las reacciones: la angustia, el estado febril, la sobreexcitación, la bola en el estómago, el nudo en la garganta...

11

Quizá sea entonces cuando la historia empieza realmente.

A partir de ese día, viven el uno para el otro. No viven más que para eso, para su historia. A partir de ese día, viven juntos, aunque no duerman juntos. No piensan más que en el otro, en encontrar unos minutos, unos segundos. Es lo único que cuenta. Verse.

Por la mañana, se esperan el uno al otro. Él la ve salir del loft. Se encuentran al final de la calle, se besan con locura para darse los buenos días, se besan con locura para despedirse.

A partir de ese día, sus móviles ya no suenan. Vibran. Empiezan a mentir, él a su mujer y ella a su hombre. A sumirse en esa doble vida.

Ese día desayunan juntos por primera vez en un café de la avenue de la Grande-Armée. Comienzan a contarse su vida. Hablan de ellos. Se miran. Se contemplan, más bien.

Él le habla de las noches de adolescencia en que salía sin permiso, ella le habla de su época de estudiante, hablan de sus amores, de sus decepciones, de sus esperanzas.

Ese día no se han tocado todavía. Aún no lo saben. Lo adivinan. Todo es tan intenso… No conciben la posibilidad de que hacer el amor juntos no lo sea también. Pero no se imaginan hasta qué punto.

Se envían e-mails…, cientos y cientos de e-mails, a cada minuto, cada día. Se convierte en una droga nueva que no tiene más equivalente que el ansia por verse, por llamarse, por hablarse. Están colocados, enganchados, son unos adictos, alucinan.

No despegan los ojos de la pantalla, repasan los mensajes de texto cuando ya no hay ordenador. Se llaman cuando los e-mails tardan en llegar. Cuando llevan más de cinco minutos sin verse. Para saber que el otro sigue ahí. Como si supieran que el otro no estará siempre ahí.

Ese martes, ella se siente muy confusa, no logra concentrarse, ya no logra trabajar, comer, respirar. Advierte las miradas de los demás, que sospechan y se preguntan qué ocurre, en qué piensa, por qué tiene la cabeza en otra parte.

Le envía:

Esta noche estoy sola.

Recibe:

Dentro de la categoría «provocar tensión», el mensaje «Esta noche estoy sola» es insuperable.
La mala noticia es que la tensión aumenta mucho más rápido de lo que se reduce... ¿Te gusta saltar a la pata coja al borde de un precipicio?

Le responde:

¿Engañaste a tu mujer con la empleada de correos la semana pasada?

Recibe:

1. No he engañado a mi mujer con la empleada de correos.
2. Te adoro cuando me haces preguntas así.
3. Te adoro cuando te ríes y cuando me besas.

4. Te adoro cuando haces de portera y cuando ejerces de hermana mayor de tus amigas.

5. No podría evitar besarte al pasar por delante de tu puerta esta noche... Y si te beso en la planta baja, te llevaré al sótano...

Le responde:

Lo encontraría más romántico que hacer el amor en el hueco de la escalera a quince grados bajo cero con la portera merodeando por ahí y la vecina del fondo del patio queriendo suicidarse porque se le ha inundado el apartamento...

Voy a reírme todo el tiempo para que me adores todo el tiempo.

No, voy a besarte sin cesar para que me adores todo el tiempo.

Hace un día que dura su historia.

12

El dormitorio de ella se encuentra en el sótano. Es en esa habitación donde esa noche se tocan por primera vez.

Un poco antes, ella ha pasado a buscarlo por un restaurante del barrio Montorgueil. Tenía una cena de trabajo con abogados aburridos. Y con champán.

Se han acercado a un bar del barrio, para tomar unas caipiriñas. Disfrutan.

El camarero les ha dado las gracias. Son las dos. Cierra.

Están en la calle. Vuelven cogidos de la mano. Empujan el portón de entrada al patio. En las ventanas del segundo no se ve luz. Su mujer duerme. Ella abre la puerta del loft, él la sigue.

La besa en la planta baja. Murmura su nombre; ha

imaginado una y mil veces ese momento en que por fin podría tocarla. El sonido de su voz... Ella solo lo desea a él. Tiembla. Vibra. Su cuerpo se despierta como si llevase años dormido, como si hiciese el amor por primera vez.

La lleva al sótano.

Han soñado con eso. No se equivocaban. Comprenden que están bajo tierra para hacer el amor juntos.

Descubren que una mano puede enloquecerte con solo tocarte. Se lamen, se comen, se engullen, se devoran. Él aspira su jugo; ella lame su esperma. Ella se deleita en su piel, en su sudor. Saben que no pueden vivir eso sin amarse.

Ella lo mira desnudo. Su sexo está erecto, hambriento. Él no aparta los ojos de los suyos. Ella lo contempla, graba en su mente la menor sombra que se perfila en su cuerpo, el menor estremecimiento que lo recorre.

Él la acuesta, impide que se mueva, acaricia cada milímetro de su piel, le abre las piernas con suavidad, se hunde entre sus muslos, gime, la saborea más y más. La respira con desesperación.

Ella desliza los labios por su sexo. Desliza las manos por su piel, sin dejar de mirarlo, de contemplarlo, de desearlo. Lo devora más y más.

Esa noche, no entra en ella. Esa noche, no se correrán juntos.

Son las cinco de la mañana. Él se va.

Ella se queda dormida entre las sábanas embebidas de su olor. Sigue húmeda.

Él se duerme unas horas más tarde al lado de su mujer. Sigue empalmado.

Estamos a 24 de febrero.

13

25/02/2004 17.52

Asunto: No soy buen actor

Debo informarte de que he trabajado un total de doce minutos desde que he llegado a la oficina. Estoy en la décima planta, con vistas a París, y a lo lejos veo el parque Monceau. Me cuesta despegar los ojos de este espectáculo. Te echo tanto de menos...

Ella:

Vamos de mal en peor... Habíamos acordado que no nos veríamos hasta mañana.
Intento imaginar mis noches sin tu boca. Y no tengo tanta imaginación...

Él:

No puedo ver *La mujer de al lado* porque he olvidado
traer los auriculares.
Mi mujer me ha dicho que me he pasado la noche
hablando. Por lo demás, todo bien. Estoy al borde de la
agonía.
Hay una luz sobre París… que invita a hacer el amor
fuera.
Solo sueño contigo.

Ella:

No, así no vamos bien… Te centras en mí… En lugar
de soñar, deberías ver *La mujer de al lado*… a pesar de.
Puedes dejar de soñar, ha acabado la reunión de
redacción. Paso a buscarte por la estación de metro
de Porte-Maillot en diez minutos.

14

La música hace temblar las paredes.

El lugar es irreal. Un loft de trescientos cincuenta metros cuadrados. Destaca la claraboya del techo, a unos diez metros de altura. En las paredes blancas se ven las imágenes temblorosas de un puñado de actores de culebrones americanos surgidos de unos retroproyectores.

Hay un centenar de personas, doscientas tal vez, embriagándose a base de champán y tecno.

Ha dudado si llevarla. La fiesta se celebra en casa de un amigo suyo, en pleno corazón de París.

Sinceramente, visto el estado en el que nos encontramos, con Barry White de fondo, dos gramos y medio de champán en las venas, y nuestras bocas a menos de un metro la una de la otra, no estoy seguro de que sea buena idea. Aparte de la reina Victoria, ¿quién se resistiría?

Y ha imaginado cómo sería pasar dos días sin verla. Le ha dicho que lo acompañe, a pesar del champán, a pesar de la música, a pesar de las ganas que tendrá de estrecharla entre sus brazos, consciente de que no podrá tocarla, que no podrá sentirla. Al menos podrá mirarla, hablar con ella. Al menos podrá verla.

Son las nueve. Pasa por la planta baja a buscarlos, a ella y a su pareja. Lo acompañan su mujer y un amigo neoyorquino. Cogen dos taxis. Bonita panda de treintañeros parisinos que se dirigen a una fiesta un sábado por la noche...
Ella sube con su mujer. Hablan de cosas de chicas, a la una le gustan los zapatos de la otra, a la otra le gusta el bolso de la una. Han bastado unos días para que se sumerjan en esa doble vida. Sin el menor rastro de mala conciencia. Sin el menor remordimiento. Nada.

El lugar se llena de personas, a cual más moderna... Ella solo lo ve a él, él solo la ve a ella. Procuran mostrarse prudentes. Es la primera vez desde que se acostaron que se ven con los demás.

Beben. Les brillan los ojos. Él se cabrea con su mujer. A ella nunca le han gustado las fiestas. Se larga. Él se siente libre. Ella sigue con su pareja.

El amigo neoyorquino lo ha entendido todo: se mantiene al margen. La gente es más perspicaz si es mera espectadora, qué duda cabe.

Él habla con una joven rubia. Ella siente que van creciéndole los celos, las ganas de cogerlo de la mano, de llevarlo lejos de todos, de tenerlo para ella sola. Unos celos absurdos. La historia es absurda. El amor es absurdo.

Siguen bebiendo. Son las tres de la madrugada. Se comen con los ojos. Después de la primera noche, se han visto. Mil veces. Pero aún no han hecho el amor. El suplicio se vuelve insoportable, insostenible.

Su pareja se ha ido. Están solos, rodeados de doscientas personas, pero solos.

Ella lo atrae hacia el rincón de un altillo, un poco apartado. Comienza a acariciar su sexo. El mundo sigue girando, bebiendo, moviéndose, pasando, viéndolos sin verlos realmente. Son las cinco de la mañana… Las parejas se hacen y se deshacen.

El deseo es obsesivo.

El amigo neoyorquino es el único que se ha quedado hasta el final. Regresan los tres juntos. Empujan el portón. Entran en el patio. Pasan por delante de la puerta del loft. Todo está a oscuras. Su pareja duerme. Él no puede dejarla marchar. Suben al segundo. Siguen siendo tres.

Su amigo se va a la cocina a preparar chili. Su mujer y su hija duermen al final del pasillo… Cierran la puerta de la habitación de invitados.

Ella le prohíbe tocarla. Quiere que cierre los ojos y que no piense en otra cosa, que agonice, que muera en su boca. Acoge su sexo con suavidad entre los labios. Él gime. Su cuerpo se retuerce. Han olvidado dónde están. Se han trasladado a un mundo al que nada ni nadie tiene acceso.

Él estalla en su boca. Ella siente complacida que su cuerpo se retuerce cada vez con más fuerza. Él está en otra parte. Lejos. Regresa a la tierra.

Ella picotea en el plato de chili.

Y desciende para ir a acostarse a la planta baja. Al lado de su pareja.

Él acude junto a su esposa. Al final del pasillo.

Estamos a 28 de febrero.

15

Hay momentos de felicidad intensa. Hay momentos de duda terribles. Pasan de uno a otro sin cesar.

Él le dice que todo va a acabar mal, para ella, para él, para su mujer, para su pareja, para su hija, para su bonito apartamento, para todo. Hay momentos irreales en los que se convencen de que darán con una solución. De que tiene que haber una solución. No hay solución.

Entonces no piensan. Se dejan llevar por esa historia que los cautiva. Han perdido el control, el juicio, ya no ven porque no quieren ver. ¿Para qué? Han caído. Solo les queda olvidar la realidad hasta que esta los atrape.

Se sienten fascinados y se entregan en cuerpo y alma. Van rápido, rapidísimo. En apenas unos días hablan ya de mañana, de pasado mañana, del mes que viene, de su futuro, de dar un cambio radical a sus vidas. Lo viven todo más rápido que los demás. Siempre está presente esa urgencia, la de tomar todo lo posible, por si su historia termina. De forma demasiado brutal, demasiado rápida.

Siguen escribiéndose igual. Se escriben tanto ya que más sería imposible. Día tras día, sus palabras rezuman los sentimientos que van brotando.

El 2 de marzo, ella le envía:

Sinceramente, te adoro
Sinceramente, no tanto como yo...
Tanto, no, más...
Me dan ganas de besarte los ojos
Quieres casarte conmigo?
Quieres casarte con un abogado divorciado y sin sentimientos?
Quiero casarme con un abogado divorciado y sin sentimientos, e irme a vivir con él al fin del mundo
Cuando seas capaz de dejar tu loft y a tus amigas y tu vajilla de diseño al mismo tiempo...
Cuándo lo hacemos, pues?

El 3 de marzo, él le envía:

Llevo todo el día y toda la noche pensando en ti, me he despertado pensando en ti, me he duchado pensando en ti, he pasado la tarjeta del metro pensando en ti, he dado los buenos días a mi ayudante pensando en ti... Solo quiero eliminar el aire que nos separa... Te echo de menos...

Ella le responde:

La vida sin ti me resulta interminable...

Él le envía:

Lo que me vuelve loco:
Tu voz
Tu energía
Tus ojos
Tu naturalidad
Tu lengua
Tus gritos
Tu olor
Tu alegría de vivir
Tu Smart.
Reconoce que es mucho para un solo corazón...

¡Ah! Lo olvidaba: y me vuelves loco cuando hablas de política.

Él le envía:

Tengo una vida romántica
Desde cuándo tienes una vida romántica?
Desde hace diez días…
Creo que estoy loca por ti…

Estamos a 3 de marzo.

16

Son las 9.57.
Primer e-mail:

La idea de pasar una tarde contigo me tiene descolocado desde el instante en que me he despertado (7.47).
Esta mañana en el *Libération*, C. Deneuve citaba a Bonaparte: «El trabajo es fácil, el placer es difícil».
Vamos a pasar una tarde difícil.
Un dulce beso.

Vuelven a quedar en un café. No se han visto desde esa mañana, y se echan de menos.

Se han escapado de la oficina. El trabajo es como todo lo demás. Un obstáculo. Todo aquello que no los reúne se ha convertido en uno.

Se inventan excusas, historias, reuniones. Con la mujer de él, con la pareja de ella, con los amigos, con los jefes, con los colegas. Con el mundo.

Están en un café, aguardan a una amiga que se traslada por trabajo y les presta su apartamento. No se esconden. Esperan las llaves. La promesa de una intimidad en la que estarán alejados del resto del mundo, alejados de cuanto no sea ellos. Se han acariciado bajo un porche, en un muelle, en las calles de París. Nunca en una cama.

Se mueren de ganas.

Aún no han hecho el amor. No piensan en otra cosa. No se imaginan otra cosa, ese instante en el que él entrará en ella, ese instante de liberación.

Esperan las llaves. Apenas hablan. Las cogen. Se miran. Salen. Caminan hacia el edificio en plena tarde.

Tienen dos horas por delante. Intentan olvidar que, después de ese tiempo, deberán regresar. No piensan más que en esas horas que van a pasar pegados. Sin perder nada, sin desperdiciar nada.

La luz es tenue. Los enormes ventanales se abren entre el cielo y los árboles. Es un sitio hermoso para hacer el amor. Él empieza a desvestirla, despacio, muy despacio. No tienen prisa. Ya no tienen prisa. Han esperado tanto...

Él se quita los vaqueros, la camiseta. Le agarra un seno, lo palpa, lo mira, lo saborea, lo masajea, pasa al otro, se pierde en su piel como un niño en los regalos la mañana de Navidad. Le quita las bragas. Ella está desnuda, cierra los ojos.

Lo único que percibe son sus dedos y su boca, que se apropian de su cuerpo. Él descubre cada pliegue, recibe cada estremecimiento, lame y relame su sexo, su lengua asciende hasta su vientre. Le da la vuelta con ternura para pegarse a su espalda, desciende por sus nalgas, sus manos le recorren las caderas, la hace gemir deslizando la lengua por sus corvas. Quiere que desfallezca, que se olvide de la vida. Se contiene para no tomarla, de inmediato, con fuerza. Tiene tal erección que le duele.

Se tumba sobre ella, se funde en ella. Se da cuenta de que ella contiene la respiración. Ella siente que el sexo de él abre el suyo. La penetra. Ella nota que se le salta una lágrima, y la invade una oleada. Sabe que lo que experimenta en ese instante no podrá contarlo, describirlo, escribirlo, jamás. Grita para no morir, porque es demasiado violento, porque tiene que expresar su gozo.

Ese día aprendió que dos seres podían más que uno.

Se corrió como jamás se había corrido. Gritó hasta morir, sintió que se clavaba las uñas en las palmas de las manos, que se le agarrotaban los dedos, que su esperma le inundaba el cuerpo. Notó que él se tensaba, gemía y se corría como nunca lo había hecho. Sintió que la Tierra podía dejar de girar.

Lo mirará largo rato antes de poder hablar.

Él le masajeará las manos largo rato antes de que sea capaz de moverlas de nuevo.

Estamos a 4 de marzo.

17

Ella recibe:

Asunto: Amantes intermitentes

Esta mañana he percibido tu perfume en la entrada del edificio.

Sin comentarios.
Anoche arreglé el mundo a lo grande con un amigo delante de varias copas de coñac. Habría vendido mi alma por poder besarte.

A las 12.13, recibe:

No lo soporto… Tengo ganas de besarte el cuello y acariciarte el vientre con la palma de la mano…

Le responde:

Faltan 31 minutos...

18

Cenan juntos. En un restaurante acogedor a orillas del Sena. La luz es tenue; su forma de mirarse, dulce.

Hablan de todo, salvo del lado desesperado de su historia. Hablan de sus trabajos, de sus vidas. Disfrutan hablando, tienen tantas cosas que contarse todavía... Quieren saberlo todo. Con cuántas mujeres ha hecho el amor él, con qué hombre ha disfrutado más ella. Cómo era de pequeño, su madre, su padre, su vida, ella es bulímica, él nunca tiene suficiente.

Ella lo mira, asoman las manos, se sueltan para no salir a hacer el amor donde sea, para dominar ese deseo que no consiguen dominar.

Están absortos el uno en el otro cuando oyen que el hombre sentado a la mesa contigua les habla. Se dirige a él, le dice que le encantaría que una mujer lo mirase así.

Él sonríe. La mira, con expresión embelesada. Él dice

que la adora, ella lo adora aún más, se adoran todavía
más.

Ella garabatea en un pedazo de papel:

En mi mundo,
la gente que dice te adoro
es la gente
que no se atreve a decir te amo.

Él responde, en el reverso del papel:

En mi mundo,
la gente que dice te adoro
es la gente
que tiene miedo de decir te amo.

Se van. Tienen toda la noche por delante.

Estamos a 8 de marzo.

19

Al día siguiente, ella le envía:

Asunto: Unas líneas de felicidad

He empezado el día como en un sueño. Te he observado
por el retrovisor mientras te ibas. Me han dado ganas
de salir del coche, correr, besarte una vez más, y otra y
otra. Cierro los ojos y te veo delante de mí anoche, con
las pupilas brillantes. Parecías tan feliz...
Echo de menos tu olor.

Él le responde:

Yo he empezado el día como si soñara despierto, ha
continuado con felicidad, y así sigue... Mientras
mantenga tu olor en mi mano, todo irá bien.

Te adoro… Creo que te adoro tanto que estaría
dispuesto a votar a Bayrou solo por ti…

Ella le escribe:

Tengo ganas de hacer el amor contigo.
Tengo ganas de verte dormir,
de verte desayunar,
de verte tocar el piano,
de verte bajo la ducha,
de verte en el restaurante,
de verte en la calle,
de verte mirar el mar,
de verte mirar a tu hija,
de verte mirarme,
de verte disfrutar,
de verte ver la tele,
de verte leer,
de verte caminar por el aparcamiento de Ikea,
de verte amarme,
de verte ser feliz,
de verte aún más…

Él le responde:

Si tanto te gusta ver que me gusta mirarte, temo por
nuestro equilibrio psíquico…

Si tanto te gusta verme disfrutar de que me guste verte estremecer de placer, temo por el deterioro de nuestros cuerpos...

Si tanto te gusta verme mirar a mi hija, temo por el futuro de mi vida conyugal...

Suerte que está Ikea para impedirme ir a instalarme de inmediato en tu cama...

Besos sin fin...

20

Tienen el viaje previsto desde hace semanas. Mucho antes de que ellos se perdieran. Deben ir a Nueva York para ver si pueden instalarse allí. Su mujer tiene reuniones de negocios. Él tiene reuniones para encontrar trabajo en una firma francesa.

El viaje ha adquirido por fuerza un regusto amargo. Ella no ve más que una cosa: él se va para comprobar si es capaz de vivir a miles de kilómetros de ella. Él le repite que no lo hará, que ya no quiere irse a vivir allí. Ella ya no duerme.

Le pide que no vaya, que lo anule todo. Él le responde que, si no va, abandona a su mujer. No quiere abandonar a su mujer. Todavía no.

Le deja una esperanza. Le ha dicho que intentará regresar antes, unos días antes que su mujer. Ella imagina las noches que podrán pasar juntos... Imagina que el amanecer la encontrará despierta.

La idea de la ausencia es insoportable. Cobra consciencia de que la dependencia es inmensa. Se dice que deben dejarlo estar, antes de que sea peor, antes de que se quieran de verdad. Se quieren ya.

Quedan en un café. Ella lleva en el bolsillo las llaves de un rincón de intimidad. No vive más que para esos momentos, pero ese día está en otra parte, está en la tierra. Se siente herida.

Ha decidido dejarlo, poner fin a esa historia que no conduce a ninguna parte. Ha decidido huir de ese sufrimiento, de las lágrimas, los gritos. Siente que si no lo dejan ahora no lo dejarán nunca. Hasta que toquen fondo. Se dice que puede hacerlo. No sabe que es demasiado tarde ya.

Está sentada en ese café, lo mira, se pregunta de dónde sacará las fuerzas. Piensa en cuando era pequeña, en ella y en su padre, al que vio tan poco, y empieza a hablar. Se obliga a decirle cosas terribles, aunque ciertas, cosas como que no será capaz de vivir sin su hija, que ella no podrá mirar a esa renacuaja después de haberle robado a su padre, que él cargará con eso toda su vida. Que es una historia de locos, que están locos el uno por el otro, que, día tras día, esa locura es cada vez más intensa. Que han caído y que van a hundirse. Ella habla, y él llora. A lágrima viva. Se deshace en llanto. Llora por la idea de perderla, al imaginarse la vida sin ella, llora de impotencia. Llora porque sabe que tiene delante algo de un valor incalculable, porque sabe que es con ella con quien quiere forjar una vida, que es con ella con quien quiere casarse, que es con ella con quien quiere tener un hijo. Llora porque es demasiado tarde, porque no controla ya su vida, porque se da cuenta de que, de algún modo, su vida no le pertenece. Ella está hechizada por ese hombre que llora por perderla en ese café.

Ella se va sin mirar atrás. Corre hasta la calle para no volver.

Más tarde, ha caído la noche, está tirada en el sofá y lo ve pasar por delante de su casa, con la cabeza gacha, los hombros caídos. Sospecha que no ha dejado de derramar lágrimas.

Siente la angustia creciente, la turbación de su corazón. Comprende que lo ha dejado. Comprende que está loca. Ve pasar las horas sin poder dormir, con la sola idea de volver a verlo. Llora. A lágrima viva.

Ve que el móvil ha sonado dos veces, en plena noche, que es él. Le devuelve la llamada, no contesta.

Conseguirá hablar con él por la tarde. Se encuentran en el bar del barrio donde quedaron la primera noche. Ella le dice lo contrario del día anterior. Palabra por palabra. Él se acuerda de que el día anterior regresó a casa llorando, que su mujer lo miró, boquiabierta, que le explicó que solo estaba de bajón, que cogió a su hija en brazos y no la soltó en toda la noche.

Y ahí está, de nuevo delante de ella. Ha acudido decidido a decirle que tiene razón, que no hay solución. Sabe que no debe ceder, y siente que cede, que no quiere más que eso, que es incapaz de resistirse, que solo sueña con refugiarse entre sus brazos. Siente que lo único que quiere es olvidar esas horas insoportables, insufribles, durante las cuales creía que la había perdido.

Han recorrido el patio pegados a las paredes, aprovechando la oscuridad. Han entrado en el loft a hurtadillas, como ladrones; todas las ventanas del segundo estaban iluminadas. Su mujer lo esperaba para hacer las maletas. Han bajado al sótano. Han hecho el amor. Él está ebrio de ella, ella está embriagada de él. Han empezado a revivir. A respirar de nuevo.

Ese día, se han convencido de que no podían dejarlo. Durante mucho tiempo, ni siquiera lo intentarán.

Él volverá a casa tarde, con el cuerpo y el corazón llenos de ella.

Volverá a casa diciéndose que no la verá en una semana.

Se dirá que podría haber sido peor. Podría no haber vuelto a verla nunca.

Al día siguiente, se marcha al aeropuerto. Pasa por delante de las ventanas del loft con su mujer y su hija. Ella duerme todavía.

Estamos a 13 de marzo.

21

Nunca creyeron que la distancia o la ausencia podrían separarlos. Los han acercado.

Él se ha pasado la semana llamándola, escondido en los parques de Manhattan. Ella se ha pasado la semana intentando sobrevivir.

Él y su mujer han decidido no instalarse allí. Así pues, continuarán con la relación.

Salen todos los días juntos por la mañana, desayunan siempre en la avenue de la Grande-Armée, comen siempre juntos en Neuilly o en otro lugar de París. Vuelven siempre juntos por la noche.

Ella le envía:

Asunto: JF busca compañero para comer

Tengo la sensación de estar en un mundo de algodón…, pero mi algodón me sigue… Así que puede acompañarme a Boulogne para comer, donde podría sumergirme en tus ojos…

Él le responde:

Soy tuyo… En cualquier momento, en cualquier lugar…

Odian los fines de semana. Él consigue escaparse el domingo a mediodía y van al Fumoir, el restaurante donde comieron juntos por primera vez.

Mienten cada día un poco más, fuerzan los límites, se arriesgan cada vez más. Su pareja se va a menudo, está oficialmente de viaje de trabajo. Y ellos viven juntos, en el loft, con las cortinas echadas, las persianas bajadas. Su mujer y su hija en el segundo, ellos en la planta baja.

Ya no ven a nadie más, se olvidan de sus amigos, de sus padres, del resto del mundo. Intentan ir al cine, no se quitan ojo en la oscuridad, no miran la pantalla. Van al teatro. Él se pasa la función viéndola reír como una niña. Su historia no deja espacio a nada más. Regresan a casa cada noche asustados por la idea de cruzarse con su mujer, la portera, un vecino, una silueta familiar. Pero nada

puede impedirles estar juntos. Se dicen que están locos.
Y esa locura los asombra.

Ella recibe:

Te encanta Patrick Bruel, has votado a los Verdes y,
pese a tus gustos musicales, muy cuestionables, y tus
devaneos políticos, agonizo, me consumo dulcemente...
Debe de ser por tu sonrisa y tu voz. No, debe de ser por
otra cosa...

Descubren la felicidad que produce dormir pegados el
uno al otro, no soltarse nunca, hacer el amor por la mañana cuando sale el sol. Ella lo despierta en plena noche
envolviendo su sexo con los labios. Él la despierta desli-
zándole una mano entre las piernas. No hay noche en
que el deseo no los despierte. Hacen el amor dos veces,
tres veces, diez veces. Descubren el placer de los sentidos,
cada vez mayor. Él puede devorarla durante horas, hambriento de su olor. No hay ninguna barrera, ningún límite, ningún pudor. No hay ningún impudor. Son solo uno.

Cuando su mujer no está, es ella quien sube a vivir al
segundo. Él observa a las dos mujeres de su vida dan-

zar por el salón con mirada tierna. Acuestan a esa niña, que no se da cuenta de qué ocurre a su alrededor. Una familia de lo más banal, salvo porque siguen viviendo con las cortinas echadas, salvo porque ella se escabulle de puntillas antes de que la niñera llegue por la mañana.

Ella le envía:

He pasado un rato muy bonito… muy dulce, muy tierno… alejada del mundo. Como si de repente todo fuera tan simple…

Él le responde:

Ha sido, en efecto, de una simplicidad y de una dulzura impresionantes…

Ella le responde:

¿Por qué impresionantes?

Él le responde:

Impresionantes sabiendo que llevamos juntos 29 días…

Ella le dice te amo por primera vez en plena noche.
Él le dice que la ama por primera vez una mañana.

Estamos a 24 de marzo.

22

Es una mañana como tantas otras. Se han detenido en un semáforo en rojo en Porte Maillot. Él se ha quedado dormido, tras una nueva noche lejos de ella. Ella oye lo que lleva semanas esperando. Lo oye murmurar que no puede más sin dormir entre sus brazos, que no soporta ya no verla dormir. Lo oye murmurar que quiere vivir con ella. Ella cierra los ojos. Se imagina un gran apartamento completamente blanco, con cajas de cartón y una cama inmensa. Sonríe.

Ella llega a la oficina.
Envía:

Ya está, lo he decidido:
Que quiero verte todas las mañanas,

quiero verte todas las noches.

Quiero decirte que has vuelto a afeitarte mal.

Quiero refunfuñar porque tu hija se ha despertado antes de que me hayas hecho el amor.

Quiero ir a hacer el amor a Normandía cuando tengamos ganas.

Quiero verte vivir.

Quiero hacerte feliz hasta no poder más.

Quiero vivir contigo.

Quiero comprarle unas zapatillas de deporte Gucci.

Quiero oírte renegar porque no se compran unas zapatillas de deporte Gucci a una niña.

Quiero dejarte atrás esquiando.

Quiero prepararte la comida.

Quiero refunfuñar. Porque tú no preparas la comida.

Quiero quererte...

todos los días, todas las noches.

Te quiero, eres lo único que quiero.

Él le responde:

Es la invitación a la felicidad más bonita que he recibido en mi corta vida.

Quiero sumergirme en ella, solo eso...

Su vida es hermosa.

Estamos a finales del mes de marzo.

23

La vida continúa. Pasan los días. También las elecciones. Votan juntos. Ven las noches electorales juntos. Ella se pregunta cómo osa votar a Bayrou. Él se burla de que ella no comprenda que se pueda votar a Bayrou. Ella le dice que va a ganar la izquierda, él le responde que sueña.

Él le escribe:

Anoche, la izquierda obtuvo más del 50 por ciento de los votos, lo nunca visto en la historia de la Quinta República.
Anoche, me diste más de mil besos, lo nunca visto en la historia de la Quinta República.
¿Cuándo vuelves a empezar?

Él discute cada vez más con su mujer. Ella está cada vez menos presente con su pareja. Todos notan que ocurre algo, aunque prefieren no saber qué pasa realmente. Ella se ha cruzado ya con algunos vecinos a primera hora de la mañana, descalza en la escalera. Cuando no se quiere ver, no se ve.

Imaginan el gobierno:

Son las cinco de la tarde: sigue sin haber gobierno, sigo deseándote, como siempre...

Son las 17.06: el gobierno se conocerá a las siete. Sigo deseándote...

Son las 17.09: se habla de Villepin en Interior. Cierro los ojos, te veo acostada, con la cabeza hacia atrás y los ojos entornados...

Por suerte, estará Borloo. Podría estallar en menos de veinte segundos dentro de tu boca...

Coge a todos los senadores... Reúnelos en el hemiciclo... Suma la totalidad de sus deseos...

Multiplica esa cifra por diez... Añádele el deseo de la estrella de segunda que transpira en su pantalón de cuero cuando te ve... Y luego multiplícalo por diez otra vez... Y después añades un sentimiento que viene del corazón y que ni los senadores ni la estrella de segunda conocen... Y como resultado obtienes el estado del vecino desconsiderado que te arruina la vida...

Cada vez pasan más noches juntos, y no les basta. No soportan ya trabajar, no soportan ya nada.

Ella le escribe:

Son las 14.14 horas. Tengo un vacío inmenso en mi interior. No te he sentido entre mis brazos desde hace cuatro horas... Una eternidad.
Me quedo dormida delante del ordenador pensando en ti..., soñando con esta otra noche que se acerca, una noche más entre tus brazos, una noche más de ternura, de dulce felicidad...
Es algo irreal dormir entre tus brazos, despertarme en plena noche, percibirte, acariciarte, besarte, notar que te despiertas, que aún me deseas... Es irreal...

Él le responde:

Tengo ganas de beber champán de tu boca... Tengo
ganas de que durmamos vientre contra vientre...
Dentro de cuarenta minutos, apoyaré mi mano
izquierda en tu muslo derecho, y me llevarás lejos del
mundo una noche más...

Una noche mágica. Está tumbada en el parquet...
La luz de unas velas ilumina la habitación. Las cortinas
están echadas. Él lame cada recoveco de su sexo, incre-
menta el placer, lo deja descender, la nota gemir, ten-
sarse, advierte cómo le vibra el vientre, cómo le tiemblan los muslos, sabe que ella va a disfrutar. Ya no
respira... Está paralizada por la violencia del placer...
La mira. Sigue tumbada, estática, tiene las manos in-
móviles, sus ojos permanecen cerrados... Él aún saborea su sexo. La ve acercarse de nuevo... La noche no ha
hecho más que empezar, las velas continúan iluminan-
do la habitación, las burbujas del champán solo aguardan sus labios...

Al día siguiente, él le escribe:

Asunto: Nuestras noches son más hermosas que
nuestros días

Las velas que inflaman tus pupilas, el ruido del lavavajillas que marca el ritmo de nuestros retozos, *Le blues du businessman*, que hace que se balanceen tus caderas, el parquet frío tan cerca de tu vientre tan caliente, el agua que nos burbujea en la lengua reseca, y siempre tu aliento, tu olor y tus gritos, que encandilan a mi alma infantil... No olvidaré ni un solo detalle de estos benditos momentos.

He navegado entre un sueño despierto y un sueño tan dormido. He navegado entre la luna y el sol al alba. He flotado por encima de tu piel, he agonizado en la comisura de tus labios, me he hundido en la curvatura de tu espalda.

He vivido dos noches de niño mimado.

Y de nuevo se produce la ausencia.

Ella se va a esquiar, sin él. Él viaja a Londres, sin ella. Cinco días el uno sin el otro. Ella ha abandonado sus brazos hace apenas unas horas, e imagina los días que vendrán, días perdidos.

Me hundo.

No puedo imaginar que vayas a ir a mi casa, abrir la puerta, recoger tus cosas y marcharte, como si esos momentos no hubieran existido nunca.

No puedo ni imaginar que no estarás entre mis brazos

esta noche, ni mañana, ni el jueves, ni el viernes, ni el sábado, ni el domingo ni…

No puedo vivir sin la esperanza de sentir tu cuerpo desnudo contra el mío. No puedo explicar a quienes me rodean por qué tengo los ojos empañados. No sé ni qué hacer, ni qué decir ni dónde encontrar una varita mágica que haga desaparecer estas barreras que me asfixian…

Me muero de tristeza.

Así es su vida. Hermosa, triste, con momentos de felicidad exacerbada y minutos de desesperación… Pagan muy caros esos momentos robados. Ella está cansada. Empieza a no creer en lo suyo, él le pide que siga creyendo.

Marzo se termina. Abril avanza. Mantienen las primeras discusiones. Fugaces. Ya no ven ninguna salida. Tienen altibajos de lo más alto a lo más bajo.

Ella quiere que todo eso cese, quiere que se marchen. Quiere dejar a su pareja. Él quiere dejar a su mujer. Pero le aterroriza la idea de perder a su hija. Está seguro de que su mujer regresará a su hogar, a Nueva York, a miles de kilómetros. Está seguro de que se llevará a su hija, de que él no volverá a verla o la verá muy poco. Se imagina dividido entre dos amores, los dos amores de su vida, igual de intensos, dos amores que necesita para vivir. Sabe que deberá elegir. Y la elección es insoportable.

Entonces entierran sus angustias, sus miedos, y continúan con esa vida. Prefieren aceptarlo todo a dejar su historia.

24

Él recibe:

Nunca te han dicho que tienes un atractivo increíble...
una mirada irresistible,
una sonrisa indescriptible,
una dulzura...
Nunca te han dicho que eres tan enternecedor,
tan conmovedor,
tan perturbador.
Nunca te han dicho que votar a Bayrou es un defecto,
y que la gente perfecta es cansina.
Nunca te han dicho que eres inteligente,
que hablar contigo hace olvidar el transcurso de las
horas,
que besarte hace olvidar el tiempo, el mundo, todo lo
demás.

Nunca te han dicho que describes muy bien el amor,
que tus palabras hacen que la vida sea muy hermosa,
que basta tu presencia para ser feliz.
Nunca te han dicho que tienes un mal genio,
de lo más encantador.
Nunca te han dicho que con solo mirarte dan ganas de
quererte,
que con sentirte dan ganas de hacerte el amor.
Nunca te he dicho que eres lo único que deseo en la
vida...
Y, aun así, estaba segura de haberte dicho ya todo eso.

No, no se lo habían dicho nunca.

25

La idea les ronda la cabeza desde hace semanas. Marcharse, dos días, lejos de casa, de ese patio, de esas ventanas cuyos cristales no dejan de rozar para atisbar al otro. Ya han pasado suficientes horas esperando el momento en que la luz se apaga, en que la luz se enciende, para saber cuándo se acuesta el otro, cuándo se levanta el otro. Marcharse para no vivir otro fin de semana en el que organizarán una cena más con su chico, con su mujer, una cena en la que tendrán ocasión de verse y hablarse, pero en la que deben prestar atención a cada gesto, a cada mirada que podrían dejar traslucir el deseo, la ternura, la complicidad, el amor que los une. Una cena en la que volverán a besarse en la bodega, en la que bajarán a la habitación del fondo a hacer el amor, ansiosos, mientras los demás aprovechan la primera calidez de la primavera tomando un aperitivo fuera.

Así es su vida. Compartida. Está la semana, cuando se encuentran solos, cuando son libres. Y están los fines de semana, insoportables, cuando ella lo ve pasar con su mujer y su hija para ir al mercado, cuando él la ve regresar con su pareja y bajar a acostarse. Durante esos fines de semana, a veces se ven obligados a hacer el amor con otros cuando lo único que quieren es hacer el amor juntos. Esos fines de semana se inventan de todo con tal de verse, ella sube para llevarle un limón, él baja a buscar una bombilla. Esos fines de semana no dejan de organizar fiestas y veladas para estar juntos, aunque tengan que compartir. Es en esos momentos cuando más se sumergen en esa doble vida, cuando se dan cuenta de que, a ojos del mundo, son ante todo vecinos y amigos. Aunque cada vez son más las personas que los rodean que albergan dudas.

Ya no tienen límite. Están dispuestos a ir más y más lejos en la mentira para ganar un poco de tiempo a los demás.

Ella recibe:

Para que te hagas una idea de los progresos que he hecho en la materia:

Me voy a Méribel a esquiar en un fin de semana organizado por el despacho (lo peor es que les dé por organizar algo así...).

Quedó una plaza libre en el último momento, me voy con un colega-amigo al que mi mujer solo conoce de oídas. Cojo el tren el viernes a las siete de la tarde y vuelvo el domingo a las diez y media de la noche. Respuesta de mi mujer: «¿Me llevas?». (Es la primera vez que quiere venir a esquiar). Respuesta a la respuesta: «Por desgracia, creo que solo queda una plaza...». (Y ahí me surge la mala conciencia).

Lista de cosas que hacer y que no hacer este fin de semana:

– salir con las botas de esquí
– ponerme autobronceador en la cara
– no tomar el sol en bañador en la playa
– no llamar con el ruido de las olas de fondo
– hacer el amor con ternura, mucho tiempo, todo el tiempo... Eso no deja (casi) rastro.

Me impaciento por tu boca.

No se van a esquiar. La temporada ha terminado. Se van a Deauville, como todos los enamorados que pasean de la mano por los muelles mientras contemplan el mar a lo lejos.

Sueñan con ello.

No pueden creerse que vayan a pasar dos días y dos noches juntos. Han pasado ya noches juntos, nunca días, días enteros desde el desayuno hasta que cae la noche.

Están en la carretera, se ríen, hablan, son increíblemente felices. Tienen un don para la alegría, tienen esa capacidad increíble para olvidar los problemas que podrían arruinarles la vida. Han reservado una habitación en uno de los palacios del pueblo, en la colina, frente al mar. Una habitación enorme con una cama enorme. Parecen una pareja normal. Casi. Él lleva alianza, ella no. Una pareja ilegítima. Aunque son jóvenes para ser una pareja ilegítima.

Se ríen en el ascensor cuando la joven empleada del hotel les explica dónde está el campo de golf, dónde están las pistas de tenis, dónde está la piscina. No prestan atención. Lo único que quieren es estar solos. La chica nota que está de más. Se va.

Hacen el amor, cenan a la orilla del mar. Duermen un poco, hacen el amor. Se preguntan cómo pueden hacer tanto el amor. Él le susurra al oído hasta la más leve caricia con la que sueña, y hasta la última de esas palabra la vuelve loca. Ella disfruta de él, de su presencia, de su voz, de poder cogerle la mano cuando entran en el restaurante. Ella atesora en su memoria cada instante para recordarlo, en caso de que un día él decida irse.

No duermen mucho. ¿Por qué dormir mientras están juntos, por qué perder unas horas tan preciosas, tan raras? El sol sale, contemplan el mar, ella salta en la cama, ella salta encima de él, ríe, transpira alegría de vivir. Se obligan a salir de la habitación para ir a ver el mar, comer en la arena, pasear con los pies en el agua... Se obligan a comprar un periódico.

Regresan al hotel. No han hecho el amor en horas.

Son hermosos. Ella se pone la falda blanca, que se mece con el viento, los zapatos de tacón alto, un jersey negro que deja adivinar el nacimiento de sus senos. Él está guapo. Bajan al bar, piden una copa de champán. Él debe llamar a su mujer, ella debe llamar a su hombre; el precio que han de pagar por dos días de libertad. Llaman al mismo tiempo. Prácticamente los oyen a la vez al otro lado de la línea. Su mujer está con su hombre, están preparando una barbacoa en el patio del edificio. Se ríen. Hay situaciones graciosas casi a su pesar...

Bajan al restaurante, hay caviar, vodka, músicos rusos, velas, una sala inmensa de ese palacio antiguo iluminada, y un piano...

La sala se ha quedado vacía, están solos, con algunos

camareros en un rincón. Ella coge su copa de champán, él la conduce hacia el piano y empieza a tocar; ella lo mira, se empapa los labios de burbujas, no aparta los ojos de él; las notas del piano vuelan. Saben que es una escena de película, la vida les resulta mágica, aunque se parezca a un cliché cinematográfico, él delante del piano, ella delante de él...

Vuelven a subir a la habitación, él empieza a hacerle el amor en el pasillo, continúa en la entrada, la acuesta en la cama, le quita la falda, las bragas, la contempla, comienza a acariciarla, apoya la cabeza en su vientre y se duerme.

Ella lo verá dormir durante un buen rato, con esa cara de niño apoyada en su vientre.

Lo ama como nunca ha amado.

Al día siguiente, dejarán la habitación lo más tarde posible. Saben que se acerca la hora de regresar, el fin de un sueño despiertos. Se dirigirán a Étretat. Se perderán en los bosques que dominan los acantilados, harán el amor en medio de los campos, frente al mar, con la hierba que se mece con el viento y las vacas como únicas vecinas. Cenarán en una crepería mientras se esfuerzan por olvidar que el tiempo pasa. Cogerán la carretera tarde, no hablarán mucho. Ella lo dejará delante de la entrada sin pronunciar ni una palabra. Él intentará besarla, ella volverá el rostro para ocultar las lágrimas. Llevará el coche al garaje sola, irá a casa, en las ventanas del segundo la luz estará ya apagada y sentirá que él la mira, en la oscuridad. Ella se acostará junto a su pareja, sin dejar de derramar lágrimas. Esos momentos robados les salen muy caros.

Al día siguiente, él le escribirá:

Tengo en la piel, en la sangre, en la cabeza el recuerdo de cada minuto de estos dos días de paraíso. Aún veo el azul del cielo a través de la ventana, el verde del campo de Étretat, el blanco de tu falda. Aún acaricio tu dulce vientre redondeado y noto el dulce calor de tu lengua. Aún saboreo tu saliva mezclada con la mía. Aún percibo tu olor en las yemas de mis dedos. Aún oigo tus jadeos y tus gritos cuando te abandonas.
He pasado 54 horas a tu lado, pasmado a cada instante por tu alegría desbordante, tu generosidad sin límites, la avidez de tus sentidos, la fuerza de tus sentimientos. Y todo lo que siento es mil veces superior a lo que acabo de escribir en seis minutos.

Estamos a 4 de mayo.

26

La vida sigue. Ella se dice que no lo soportará mucho tiempo. Comienza a imponerse ultimátums, sin estar segura de poder cumplirlos. Se da seis meses, no más. El 23 de agosto, pues, romperá con él. Queda lo bastante lejos para permitirle vivir. Hasta entonces pueden cambiar muchas cosas.

Se acerca junio. A final de mes se le acaba el contrato de trabajo. Se pregunta qué hará con su vida. Él la anima a entrar en política, se imagina a sí mismo como marido de una ministra; lo que teme es que, una vez que ostente el cargo, no tenga tiempo para él. Entonces le dice que espere diez años antes de comprometerse, para poder disfrutarla durante una década; está seguro de que seguirá estando magnífica dentro de diez años, que la deseará igual al cabo de diez años. Después, le encantaría que fuese ministra.

Se han alejado tanto de sus trabajos que les ha costado encontrar su sitio. Él también querría cambiar. Comienza a buscar a diestro y siniestro. No es con su mujer con quien concibe proyectos, no es con su mujer con quien habla de sus dudas, de sus deseos. Es con ella. Es a ella a quien anuncia que tiene una primera reunión en un despacho de abogados en el que sueña con trabajar. Es ella quien se alegra, quien lo anima, quien le pregunta si podrá cambiar de bufete y de mujer al mismo tiempo. Él responde que puede dejar a su mujer, su trabajo, su apartamento, a sus amigos e incluso el vino tinto si hace falta.

Es a ella a quien da la noticia de que dimite, de que lo han contratado en otro lugar. Ella se alegra por él, se entristece por ella misma. Sabe que la vida de ambos cambiará. Que ya no podrá ausentarse tardes enteras, que tendrán que buscar otros momentos para verse, que va a ser más complicado…

Quedan en la terraza de un café para celebrarlo, y ella le pregunta si, cuando era pequeño, su madre le hacía un regalo por sacar buenas notas. No, su madre no le hacía regalos. Ella le oculta una mano y acto seguido deposita un paquete en la mesa. En su casa, las buenas notas no son más que excusas para agasajar. Él le pregunta cómo se las ingenia para hacer que la vida sea tan maravillosa…

Al día siguiente, él le escribe:

Me encantas, en el sentido literal de la palabra.

Ella busca un diccionario, busca el sentido literal de la palabra «encantar».
Encuentra: «Someter a alguien a poderes mágicos, a encantos. Embrujar».

Siguen pasando las noches juntos, cuando pueden.

Desde las siete de la tarde hasta las diez de la mañana, son quince horas juntos, es decir, novecientos minutos para agotar nuestras fuentes de placer. ¿Es suficiente, a sabiendas de que necesitamos:

– beber agua con gas
– comer chocolate
– que te rías
– que me cuentes los desengaños sexuales de tus amigas
– que te cuente mi vida
– que me duerma sobre la suave piel de tus senos?

Él le habla de erotismo...
Ella le pregunta: «¿Qué es el erotismo?».
Él le responde: «El erotismo somos tú y yo...».

Y están las noches que no pasan juntos.

Ella siente la urgencia de la situación. Sabe que no puede durar. Sabe que elegirá a su hija, su mujer, su matrimonio, la tranquilidad, la seguridad, la sociedad. Sabe que no tendrá la fuerza para enviar todo a paseo. Para imaginar otra vida.

Ella recuerda que una noche, hace ya mucho tiempo, volvían en coche y ella le dijo riendo: «Ya sé cómo acabará esto. Tú te quedarás tan tranquilo con tu mujer y tu hija en tu bonito apartamento con parquet y molduras. Y yo... yo lo perderé todo». Él le preguntó entonces, con los ojos vidriosos, por qué decía eso. Lo decía porque no creía en los cuentos de hadas.

Aunque hablan siempre de sus mañanas, de su vida juntos, de su apartamento todo blanco. Ella habla más de eso que él, si bien él también habla.

Él le escribe:

Te he enviado diez e-mails. Sin respuesta.

¿Juegas a las cartas?

¿Piensas en mí?

¿Te estás informando acerca del divorcio?

¿Estás enfadada?

¿Te aburres?

¿Estás comentando las noticas con Arlette Chabot por teléfono?

Yo trabajo pensando en tus besos de esta mañana.

Sigue sin recibir respuesta.

Nuevo e-mail:

No, he descubierto lo que estás haciendo. Has ido a darte una vuelta por las agencias inmobiliarias...

Ella le responde:

¿Por qué barrio empiezo?

Él le responde:

Por el distrito Seis, en las callejuelas entre la place Saint-Sulpice y la rue de Vaugirard, o por el Cinco, rue de Bièvre. Si es posible, un apartamento amplio, tranquilo y luminoso... Pero si encuentras un dúplex con terraza sin nadie enfrente por los alrededores del jardín del Palacio Real por menos de cuatrocientos mil euros, también lo acepto...

Unos días más tarde, están en el coche y ella le pregunta: «Entonces ¿cuándo nos mudamos?». Él le responde: «¿Por qué no me preguntas más bien cuándo abandono a mi hija?».

Lo deja en el metro de Porte-Maillot sin decir nada más. Está dolida. Para cuando llega a la oficina, ya está sonándole el teléfono. No contesta. No contesta a los e-mails. Tampoco a los mensajes de texto. No contesta a nada, a nadie. Solo necesita un poco de tiempo para encajar el golpe.

Recibe:

Asunto: Sé

Sé que no te apetece escribirme.
Sé que nuestra situación te resulta absurda, frustrante, insostenible.
Sé que no somos capaces de contentarnos con cuarenta minutos de amor y diez mensajes al día.
Sé que la idea de vernos de forma furtiva este fin de semana es simple y llanamente insoportable.
Sé todo eso, y no sé qué responderte...
Aparte de que tengo 28 años y me da miedo lo que me ocurre.
Aparte de que has puesto mi vida patas arriba hasta el punto de que ya no siento que existo.
Aparte de que te echo de menos de un modo atroz.

Ella sigue sin responder.
Recibe:

Asunto: SOCORRO

También sé que no me vas a contestar... Y QUE ESO
NO ES POSIBLE.

Estamos a 22 de abril.

27

El fin de semana ha sido un infierno. Tenían que verse. No se vieron. Ella esperó, un mensaje, una llamada. Con desespero. Lo vio irse al cine con su mujer. Los vio pasar a ambos, hundida en su sofá.

El lunes por la mañana, llega a la oficina hecha polvo. No quiere hablar con nadie. El mundo entiende que es mejor dejarla tranquila. Está al límite.

Él la llama. Ella oye el timbre del teléfono, incesante. No quiere hablar con él, no quiere hablar más con él, lo odia. Aún está dolida. Ya no quiere nada.

Quiere que cese. Que se detenga ese sufrimiento. No se han separado desde aquella tarde en que él lloró tanto. Ya queda muy lejos.

Él le escribe:

Asunto: Principios de semana

¿Prolongamos el infierno del fin de semana o le ponemos fin?

Ella responde que no pone fin al infierno del fin de semana, que pone fin a su historia. Porque esa historia se ha convertido en un infierno. Ella pone fin a ese infierno.

Él le responde:

> Vete, porque yo soy incapaz de irme y tú eres incapaz de quedarte.
> El 23 de febrero besé tus labios sabiendo que, al final de ese beso, habría dolor para ambas partes. Y después, todos esos otros besos, todos los otros momentos de felicidad me hicieron olvidar.
> Has despertado en mí sentimientos demasiado intensos para que pueda olvidarte, demasiado confusos para que pueda dejar a mi familia hoy.
> Perdóname.

No se llaman en todo el día, no se escriben en toda la noche.

Tampoco viven. Pasan cada minuto pensando en el otro, diciéndose que el dolor es insufrible, que la sensación de vacío es insoportable, físicamente insoportable. Apenas si duermen esa noche.

A la mañana siguiente, se cruzan en la acera. Se abalanzan el uno sobre el otro. Se dicen que no tiene sentido intentar luchar.

Se van a desayunar a la avenue de la Grande-Armée.

Unas horas más tarde, ella le escribe:

Me has embrujado.
Soy incapaz de verte sin tomarte entre mis brazos, sin estrecharte hasta asfixiarte, sin besarte hasta quedarme sin aliento, sin acariciarte el pelo.
No respiro hasta que vuelvo a verte. Como si viviese en apnea y, de golpe, me chutaran oxígeno.
La vida contigo es tan dulce, tan maravillosa, tan todo…
Soy más incapaz todavía de irme que de quedarme.

Él le responde:

Asunto: Va mucho mejor…

Solo pienso en ti, en la ternura infinita de tus besos, en tu falda levantada por encima de los muslos… Tengo la impresión de que llevo un mes sin hacerte el amor…

Estamos a 11 de mayo.

28

Las estaciones cambian; su vida, no. Siguen viéndose de forma furtiva, él pasa las noches en casa de ella. Ella cuida de su hija a menudo. Quiere a esa niña más de lo que cabría pensar, es la hija del hombre al que ama, la quiere como si fuese él. La cuida durante tardes enteras, días enteros. Algo las une, descubre que sería una madre increíble, que tiene la paciencia de un santo, ella, que estaba segura de que no tenía en absoluto.

Se ven siempre el fin de semana, van a comprar juntos cuando los vecinos se reúnen para celebrar un *brunch* improvisado, aprovechan para besarse bajo todos los porches del barrio.

Solo viven soñando con las ausencias de los demás, que les permiten arañar unas noches a la vida.

El mes de mayo se acerca a su fin, ella dejará de trabajar y llegarán las vacaciones que no pasarán juntos. Él empezará su nuevo trabajo pronto, pronto ella no tendrá oficina de la que escaparse. Presiente que se acerca el final de una etapa, las ganas de acabar con todo nunca han sido tan intensas, él nunca ha dudado tanto.

Ella le escribe:

1 – ¿Cuándo cambias de trabajo?
2 – ¿Cuándo recoges el carnet de la Unión por un Movimiento Popular?
3 – ¿Cuándo te mudas?
4 – ¿Cuándo te casas conmigo?
5 – Te adoro.

Él le responde:

1 – A lo largo del mes de junio.
2 – Nunca (sigo prefiriendo afiliarme al Partido Socialista).
3 – Cuando encuentre un apartamento alrededor del Palacio Real con terraza y habitaciones insonorizadas.
4 – Un día (aún no hay fecha fijada).
5 – Ah, ¿sí?

Se acerca el cumpleaños de él, y ella se pregunta qué regalarle, algo que pueda llevarse a casa. Elige unos libros. Pasa horas en las librerías especializadas en derecho ambiental, porque, en adelante, es en ese ámbito en el que él quiere especializarse, y reserva una mesa en una de las terrazas más bonitas de París, delante de la Torre Eiffel. Oficialmente, la noche de su cumpleaños él está de viaje por trabajo; oficialmente, ella pasa el fin de semana en casa de unos amigos.

Quedan en un café, se cruzan con unos amigos de él... Ya lo saben. Lo sabe ya tanta gente... Se van a cenar. Se ven tres meses más tarde y no ha cambiado nada. Siguen fascinados. Acaban la noche en una habitación del hotel Lutetia. Las historias secretas siempre son románticas.

Pasan una noche más haciendo el amor con los primeros calores del verano.

Una noche que supone un anticipo de las noches que los aguardan. Su pareja ha vuelto a marcharse a la otra punta del mundo, la mujer de él está de vacaciones en Estados Unidos. Tienen ocho días por delante. Ocho días y ocho noches en los que nada ni nadie podrá molestarlos. Una eternidad.

Disfrutan de esos momentos soñados, como si sintiesen que después nada será como antes. Con un dejo de desesperación. Se entregan en cuerpo y alma a esa semana de vida ilusoria... Ya llegarán los tiempos difíciles, los tiempos de los rencores, de los arrepentimientos, de los reproches. Mejor no pensar en ello. Mejor olvidar la realidad.

Durante ocho días, viven juntos, los tres, él, ella y la pequeña, ocho días de una vida ideal que tantas veces habían imaginado. Ella prepara platos sencillos, él se sienta al piano, ella cuenta cuentos a esa niña que no se separa de ella. Él ve reír a las dos mujeres de su vida. Ella les descubre las fuentes de verduras al horno típicas de su tierra, en el sur, él descubre que a su hija le encantan las berenjenas, ella se las lleva a la cama por la mañana, cuyas sábanas están aún impregnadas de una nueva noche de amor.

Cogen una canguro para pasar la noche en casa de unos amigos y, al volver, van a acostarse de puntillas para no despertarla. Olvidan que todo eso no durará. Se lo creen. Por fin tienen una vida normal.

Él le escribe:

¿Por qué nuestros labios encajan con tanta facilidad?
¿Por qué hacer el amor nos resulta tan natural y vital?

¿Por qué mi único objetivo es tocar tu piel?

¿Por qué conoces tan bien mis deseos?

¿Por qué me satisface tanto hacerte disfrutar?

¿Por qué no se agota la ternura?

¿Cómo es posible que toda esta complicidad natural haya ido acumulándose hasta envolvernos en noventa días?

La semana pasa en un suspiro. Su mujer está inquieta. Llama a menudo, demasiado a menudo. Envía e-mails en los que le dice que no está bien. Advierte que su marido se aleja, que está en otra parte.

A él le da igual, a ella también. Solo quieren aprovechar esos ocho días que no les pertenecen más que a ellos. Su mujer regresará el domingo. El sábado por la noche, están invitados a cenar en casa de unos amigos. Llegan de la mano, algo de lo más banal para los demás y extraordinario para ellos. No se sueltan, juegan a las cartas, riñen, no piensan, no quieren pensar porque saben que se echarán a llorar, a gritar, cuentan las horas, para sus adentros, sin decir nada al otro, que cuenta las horas por su parte, sin poder evitar que el tiempo corra. Desearían parar todos los relojes de París. Es la una de la madrugada. Se van a una fiesta, las horas siguen transcurriendo a una velocidad de vértigo. Son las cuatro. Su mujer llegará a las siete de la mañana. Regresan a la casa, no intercambian una sola palabra en el camino de vuelta. No hay nada que decir.

Duermen juntos desde hace de ocho noches. Ella quiere que él se quede un poco más, quiere aprovechar esas horas que tienen aún. Él prefiere subir. Dormir solo. Prepararse para retomar su vida de antes.

Ella se queda en la planta baja, él sube al segundo. No dormirán. Cada uno por su lado.

Unas horas más tarde, ella oirá entrar a su mujer. No la oirá decirle a su marido que nota que algo va mal, no la oirá decirle a su marido que quería volver un día antes. No la oirá explicarle que no lo ha hecho porque estaba segura de que encontraría a la chica de abajo en su cama.

No oirá que él no responde, agotado de mentir.

No oirá que pasa la tormenta. No oirá nada. Solo llora.

Se pasa una página.

Estamos a 11 de junio.

29

No hay nada escrito. Nada dicho. Nada evidente. Y aun así no cabe duda de que es entonces cuando empiezan a separarse.

Primero porque la vida de los dos va a cambiar, porque los cambios de su vida los separarán. Quizá también porque están cansados.

Vuelve a estar en casa de ella para pasar varios días. Oficialmente está en Grenoble, por trabajo. Durante meses, la suerte ha estado de su parte, nadie los ha visto. Y quienes los han visto se han callado.

Ese día, es la niñera de su hija quien los ve. Ella no se calla. Es lo primero que explica a su mujer cuando llega a casa por la noche. Solo le dice, en tono anodino, que ha visto que su marido salía de casa de la vecina por la tarde.

Oyen vibrar el móvil en la planta baja, y sigue vibrando.

Están en el sótano. Él piensa en todo menos en su móvil, que suena a lo lejos. Alcanzan el orgasmo, la trata de bruja con una sonrisa cariñosa, vuelven arriba, se acuerda vagamente de que ha oído el móvil, varias veces tal vez.

La pantalla muestra trece llamadas perdidas. Y mensajes. Mensajes de una mujer aterrada, que recibe la verdad como un jarro de agua fría. Mensaje de una mujer que por fin quiere saber lo que lleva meses presintiendo. Mensaje de una mujer herida que anuncia que, si no le devuelve las llamadas, irá a casa de la chica de abajo a buscar las respuestas a sus preguntas.

Ellos están en el sótano. Ella sube de nuevo a cerrar la puerta con llave, suavemente, por si acaso. Él está sentado en la cama, con la cabeza entre las manos, ya no sabe qué hacer. No le quedan fuerzas para llamarla ni fuerzas para mentirle. Casi está dispuesto a contárselo todo. Ella tiene miedo de que lo haga, no porque deje a su mujer, sino porque la deje a ella. Porque no tenga elección. Una huida hacia delante, que los demás decidan por él porque él es incapaz de tomar una decisión. Pese a que ella ha soñado con ese momento, está aterrada. Siempre ha sabido que dejarían de verse cuando a él no le quedase más remedio que elegir. Entonces ella le aconseja que espere, que mienta una vez más. Él le hará caso.

Ella no ha ganado la guerra, pero ha ganado una pequeña tregua.

Llama a su mujer, le cuenta una historia descabellada sobre un tren que no ha podido coger, unas llaves extraviadas, una llamada perdida. Una historia increíble que ella quiere creer. Aun así, murmura que lo encuentra cambiado, que tiene la sensación de que se aleja de ella. Él le concede que, últimamente, está un poco ausente, reconoce que no es todo perfecto en su relación, que hacen muy poco el amor. Ella llora, él la tranquiliza a medias. La tormenta ha pasado.

Permanecerán encerrados toda la noche.

Al día siguiente, salen al cine. Van a ver *Mariages!*,* no es broma. Él se ha reído de esas parejas que siguen juntas sin quererse, de esas parejas que optan por la comodidad. No se ha reído cuando «la otra», cansada, explica a su amante que hay que ser valiente para ser feliz.

Por eso decide dejarla a ella. Decide quedarse con su mujer, a quien dice no amar ya. Por su hija. Entre otras cosas, piensa ella, por comodidad.

Por primera vez, es él quien la deja a ella. Es la única diferencia con sus primeras tentativas infructuosas. Pasarán el fin de semana juntos, como buenos amigos, porque su pareja y la mujer de él han organizado una

* Película de Valérie Guignabodet cuya traducción sería «¡Matrimonios!». *(N. de la T.)*

barbacoa sin consultárselo. Pasarán el fin de semana mirándose.

Ella irá a buscarlo al despacho el lunes a mediodía. Pasarán la tarde haciendo el amor y riéndose de su incapacidad para romper.

Tan solo ha sido una ruptura más.

30

Nada cambia y, sin embargo, ella tiene la impresión de que él cambia. De que la suerte por fin empieza a ponerse de su lado. Él comienza a soñar en voz alta con una vida con ella. Se sorprende creyendo que quizá sea posible, que finalmente, contra todo pronóstico, quizá pueda abandonar de verdad su vida actual para construir otra, más maravillosa, con ella. Su mujer ha renunciado a su empleo. Quiere montar su propia asesoría. Él le explica que quizá sea una oportunidad, que, si lo hace, no se irá con su hija en caso de que la abandone. Le pide que tenga paciencia, que espere a que agosto acabe.

Por primera vez, le dice que va a dejar a su mujer, le dice que en cinco años se imagina con ella, con un hijo de ella… Ella se dice que no debe creérselo. Tiene tantas ganas de creérselo…

El mes de julio es maravilloso, la vida es maravillosa, las vacaciones han llegado. Han hecho de todo para no viajar. Ella ha puesto como excusa que debe buscar trabajo, él alega la imposibilidad de cogerse unos días en el nuevo bufete. Han conseguido limitar los daños. Ella se va unos días a Londres con su pareja. Unos días interminables. Pasan el tiempo llamándose, enviándose mensajes. Él se va unos días al sudoeste con su mujer. Siguen llamándose a todas horas, discuten a menudo. Les cuesta sobrellevar la distancia.

Ella regresa al trabajo a finales del mes de julio. Puede volver a justificar ausencias ya, y él continúa inventándose viajes por trabajo. Descubren el encanto de los hotelitos parisinos enclavados en los alrededores de los jardines de Luxemburgo que acogen la humedad de sus noches de amor. Siguen haciendo el amor igual, descubren terrazas ocultas donde cenar tranquilos como enamorados. Ella no lleva nada debajo de la falda, solo para que él pueda acariciarla en cualquier lugar.

Se encuentran cada vez con más frecuencia durante el fin de semana. Ocupan el apartamento desierto de los padres de él, que se han ido a pasar el verano a la costa, se echan la siesta en la habitación en la que dormía cuando era pequeño. Se llaman doce veces al día. Los aperitivos en el patio del edificio se eternizan cada noche, son incapaces de irse a dormir, incapaces de separarse.

Juegan al tenis, disfrutan del verano. Deambulan de la mano por las calles de París. Gozan en los bancos públicos.

Pasa el mes de julio y agosto avanza. Pronto serán seis meses, él le había pedido que esperase hasta finales de agosto, y ella, consciente de que se acerca la fecha límite, siente que su angustia aumenta. En ocasiones está segura de que se irá con ella; en ocasiones está convencida de que se quedará al lado de su mujer. Y pierde la cabeza.

Ya no recuerda muy bien por qué.

Recuerda que todo iba bien, que llevaban enviándose e-mails cariñosos desde primera hora de la mañana. Recuerda que, poco a poco, ha sido ella quien, voluntariamente, ha buscado el enfrentamiento, la disputa. Que los e-mails se han hecho cada vez menos dulces, cada vez más amargos. Ella le escribió que lo deseaba. Que no quería volver a hacer el amor a hurtadillas. Recuerda que debía recogerlo en el bufete para llevarlo a su casa. Que le dijo que se fuese a la mierda, que no tenía más que coger el metro, que no tenía más que cancelar el partido de tenis, que no tenía más que anular su vida juntos. Recuerda que lo odiaba. Que le dieron ganas de pegarle. Que sintió que seis meses de violencia contenida estallaban en su interior.

Él le respondió:

Hace seis meses que te quiero. Seis meses que lucho por no dejarte, porque te quiero. Seis meses que no puedo abandonar a mi hija. No sé cómo lo hacen los demás padres para dejar a sus hijos. El 23 de febrero supe que nos toparíamos con un muro. Desde entonces he vivido intentando olvidar ese muro. Y hoy no puedo. No puedo marcharme.

Así que vete tú.

Te quiero con locura.

Ella no le respondió. No lo llamó.

Unas horas más tarde, está en su casa. Llega su pareja. Y ella comprende que es el fin. Que va a dejarlos a los dos, el mismo día. Que va a liberarse, a reencontrarse a sí misma. Le dice que ya no es posible, que ya no tiene ganas de nada, que ya no tiene ganas de él. Llora al verlo llorar, llora por cuatro años de amor desperdiciados.

Llora por esa historia que fue tan bonita. Por la boda cancelada, por el niño deseado, deseado durante tan poco tiempo. Por esa vida construida en pareja que está a punto de hacer saltar por los aires por nada. Le dice que necesita reflexionar, hacer balance. En el fondo, sabe que no hay nada que decir ya, que es demasiado tarde. Sabe que ha sido derrotada.

De sus dos hombres, no le queda ya ninguno. Se echa a llorar por esa vida tan dulce que no ha sabido conservar. Llora por haber jugado y haber perdido. Llora por hacerle daño a él, a ese hombre perfecto al que ha amado, al que no tiene nada que reprochar. A él, que no merece sufrir. Tan recto, tan honesto, él. Él, que no logra comprender.

Él le dice que ella era la mujer de su vida. Ella ya no lo ama. Sería muy fácil quedarse, dejar que la reconfortase, olvidar poco a poco esa historia de locos que no ha llevado a ninguna parte. Y, sin embargo, sabe que se marchará. Sabe que esa vez no puede fingir ya, no puede mentir más. Solo tiene una necesidad, vital, apremiante, la necesidad de reconstruir, de dejar de sufrir, de coger aire y respirar. Antes de imaginar su vida. Más tarde.

Hace justo seis meses. Seis meses. Y nunca sabrá por qué se desmoronó ese día. En lugar del día anterior o al siguiente. Actuó sin reflexionar, sin saber realmente por qué. Como si hubiera llegado a su propio límite. Como si no pudiera soportar un día más lo que soporta desde hace seis meses.

Su chico se va a tomar el aire.

Ella está en el patio, con el rostro arrasado por las lágrimas, fumándose un cigarrillo detrás de otro, tomándose una copa detrás de otra. Lo ve pasar, con la cabeza gacha. Lo llama, y él se acerca. Le dice que acaba de dejar a su pareja, él le dice que lo presentía, sin explicar por qué, que presentía que pasaba algo. Ella quiere que la abrace. Él no se mueve.

En ocasiones la vida es muy cruel. Es sin duda la primera vez que lo necesita, es la primera vez que le dice que lo necesita. Y él no se mueve. Como si verla sufrir le revelase de qué ha escapado por los pelos. Como si temiera que ese sufrimiento fuese contagioso, como si de pronto estuviera seguro de no querer vivir eso. Evitar a cualquier precio esas lágrimas que veía deslizarse por su rostro. Se da cuenta, al verla por los suelos, de que ha esquivado lo peor. Casi podría suspirar de alivio.

Acaba acercándose. La atrae hacia sí, a su pesar. Le dice que esa vez se ha acabado de verdad. Como si quisiese convencerse. Como si quisiese alejarla, a ella y su rostro desgarrado por el sufrimiento, por el miedo, por el dolor. La estrecha entre sus brazos, y la deja ahí. Sube corriendo a su casa, ansioso por salvar el pellejo.

Ella se queda sola fumando un cigarrillo tras otro, bebiendo una copa tras otra. En la cabeza no tiene más que un agujero negro, enorme. Un miedo terrible a lo desconocido que la espera. Se dice que se había dado seis meses. Se conoce bien: está destrozada.

Estamos a lunes 16 de agosto.

31

El infierno no ha hecho más que empezar.

Al día siguiente, se marcha con apenas cuatro cosas. Se instala en casa de unos amigos, para respirar, hacer balance, reflexionar acerca de qué puede hacer con su vida. Está destrozada, trabaja sin pensar realmente qué hace. Lidia con las urgencias, intentando dar el pego. Por dentro, está vacía. Con sus sueños, emociones y sentimientos rotos, pisoteados, no le queda nada.

Su pareja solo necesitará unas horas para acceder a su bandeja de entrada, para encontrar los mensajes del otro, para comprender la verdadera razón de su abandono. Para comprender que, desde hace seis meses, la mujer a la que ama lo engaña delante de sus narices, y no se ha enterado. Para comprender, por encima de todo, que no es una simple aventura sexual, sino una historia de amor. Una historia que se ha desarrollado ahí mismo, ante sus ojos, sin que él se inmutara. Ha comprendido que muchas veces lo había intuido y había preferido ignorarlo. Se acuerda de las decenas de veces que la vio recibir mensajes como si tal cosa, de cuando la vio enviar correos creyendo que nadie se daba cuenta. No había dicho nada porque estaba seguro de que se equivocaba. Deseaba tanto equivocarse...

No lo entiende. Ella sabía que su pareja no alcanzaría a entender que no se controla todo, que hay fuerzas de atracción que arrasan con todo, que existen impulsos irrefrenables. Contra los que no se puede luchar.

Entonces llega el momento de las preguntas imposibles. Esas respuestas que él necesita para comprender y que ella no puede darle sin destruirlo un poco más, a él, que no hace más que sufrir. Le pregunta qué tiene el otro que no tenga él. ¿Cómo explicar lo inexplicable? Le pregunta si era mejor en la cama. ¿Cómo comparar lo incomparable?

Le pide que se den una nueva oportunidad, que se la dé a él, el hombre herido, traicionado, dispuesto todavía a perdonar. Él, convencido de que aún pueden reconstruir su historia, de que será complicado, largo, doloroso, pero que pueden conseguirlo. Aún cree en su relación, a pesar de todo. Y ella ya no cree.

Ella vuelve a ver a su amor. Apenas se le han secado las lágrimas cuando lo ve de nuevo. Su mujer está en Inglaterra. Su hombre está destrozado. Y vuelven a pasar las noches juntos, como si una vez más recuperasen esa capacidad increíble de olvidar al resto del mundo. Ahora ya sabe que él no se irá nunca. Solo ha decidido disfrutarlo un poco más, mientras le pertenezca, mientras siga ahí. Es una adicta, incapaz de alejarse, incapaz de respetar las promesas que se hace a sí misma cuando no puede más. Sabe que él no merece tanto amor, sabe que es él quien debería negarse a verla, ya que es él quien decide vivir su vida sin ella, sabe que es un perfecto egoísta, que si la quisiera de verdad la dejaría, para que pudiese volver a vivir. Su mujer regresará al día siguiente. Pasan una última velada juntos, una última noche. Han comprado champán, salmón, velas.

Por la mañana, ella se levanta. Tiene que reconstruirlo todo. Él la deja ir.

Su mujer volverá dentro de unas horas. Durante tres días, él no hablará, incapaz de pronunciar palabra. Sumido en su dolor. Su mujer se entera de que la chica de abajo ha dejado a su pareja, las dudas la obsesionan. Espera, él sigue sin decir nada. Él observa por la ventana, con la mirada perdida. Pasan unos días. Ella lo presiente, no quiere verlo. Y baja a hablar con ese hombre herido al que conoció dichoso. Le cuenta que su marido lleva tres días mudo, que presiente que ocurre algo, le pregunta qué sabe él. Y él se lo cuenta. Todo. Le muestra los e-mails en los que su marido escribe a otra mujer a la que quiere con locura desde hace seis meses y que, si no fuera por su hija, ya se habría ido. Ella lee esos e-mails en los que el hombre con el que se casó hace apenas dos años dice a otra mujer cuánto la desea, cuánto necesita verla, sentirla, tocarla. En el fondo, la esposa se da cuenta de que lo sabía.

Pasan la tarde juntos, el hombre abandonado y la mujer engañada. Pasan la tarde contrastando recuerdos, los fines de semana en los que se quedaban solos, las mentiras que, ahora que lo saben, saltan a la vista. Se pasan la tarde hablando de sus dudas, despotricando contra esos dos seres que los han engañado, a los que han amado. Los odian, pese a que, en el fondo, les aterra verlos marchar.

Ella llama a su marido, le dice que no quiere volver a verlo en la vida. Le dice que ha comprado dos billetes para el siguiente vuelo a Nueva York. Él tenía razón. Ella se va con su hija.

Él le escribe:

Ya está, el mundo se ha venido abajo.

Estamos a 24 de agosto.

32

El infierno no da tregua.

Los días que siguen se reducen a crisis, lágrimas, llamadas de teléfono interminables entre unos y otros, histeria, lloros y rencores. La esposa, por supuesto, no se ha ido. Solo quiere una cosa, conservar a su marido, creerlo cuando este le dice que perdió la cabeza, que no sabe qué le pasó.

Él le jura que pueden reconstruir su relación, reencontrarse, amarse, que en el fondo siempre la ha amado, él, que decía que ya no la amaba. Le aterroriza la idea de que se vaya con su hija. Está dispuesto a todo, a pasar por encima de todo, a renegar de todo. Y reniega.

Da la última estocada a la mujer a la que aseguraba amar, para salvar el pellejo. Tiene a su esposa delante, ella lo mira, espera, él coge el móvil, llama a quien hasta la semana anterior era su amante y, de forma accesoria, el amor de su vida. Le dice que se arrepiente de cada minuto que ha pasado entre sus brazos. Ella está segura de que tiene a su mujer al lado, escuchando hasta la última palabra. Se tapa los oídos para no oír, para no recordar, se repite que no es verdad, que ella lo sabe, que nada ni nadie podrá hacerle creer lo contrario. Se tapa los oídos para no morir, para olvidar que él está dispuesto a sacrificarla para salvar su propia vida.

Al día siguiente, recibe:

Jamás olvidaré lo que hemos sentido y vivido.
Jamás olvidaré la intensidad con la que nos hemos amado.
Jamás te olvidaré.
Te deseo una vida dulce y maravillosa, amor mío.

Ya nada importa.

Pero él continuará. Al son de sus crisis de pareja. Al ritmo de las venganzas de su mujer, machacando a la una para tranquilizar a la otra. Ella no para de decirse que le da igual. Le duele. Va de casa en casa, teme lo desconocido, lo irreversible, se ha quedado sin pareja, sin trabajo, sin apartamento. Ni siquiera tiene fuerzas para ceder al pánico. Recibe un e-mail más, siempre esos arrepentimientos, amargos, violentos… Pero que nunca duran mucho.

Al día siguiente, recibe:

El e-mail que te envié ayer es absurdo: eres lo más bonito que me ha pasado.

Le da igual. Lo único que cuenta es que la ha dejado. Intenta pensar en sí misma, y solo en sí misma, y no piensa más que en él. Sabe que debe tomar la decisión de encaminarse hacia esa nueva vida que le tiende los brazos, vender ese loft que tanto le gustaba, dejar definitivamente a ese hombre al que tanto quería. Abandonar esa vida que conoce tan bien por una de la que todo ignora. Tiene un miedo espantoso a equivocarse.

Ha quedado con su pareja. Él desea que vuelva. Pasan la noche juntos.

Al día siguiente, le escribe:

Así pues, fue ese día. Ella hacía la maleta una vez más. La había hecho tantas veces esas últimas semanas… Se había convertido en un acto mecánico. Varias bragas, un libro, una falda. Aún guardó algunas tonterías.

Al final, quizá fuera cierto que era una maniática.

Llegaba tarde. Se acercó al ventanal para cerrarlo.

No pudo evitar alzar la mirada, hacia las dos ventanas que tanto tiempo había pasado observando, espiando, vigilando. Hasta la obsesión.

Ella sabía que no era una mañana cualquiera.

Se acordó de lo que le dijo al comienzo de su historia, en esa época en la que aún se reía.

Le dijo: «Ya sé cómo acabará esto. Tú te quedarás tan tranquilo con tu mujer y tu hija en tu bonito apartamento con parquet y molduras, y yo... yo lo perderé todo...».

Él guardó silencio entonces.

Así pues, ella tenía razón. Casi se culpaba por haber dicho eso en aquella época. Daba a su historia un final anticipado, como una conclusión obvia. Como si por fin se pareciese a todas las demás historias... De una banalidad tal...

Seguía mirando por la ventana. La noche anterior, ella y su pareja habían intentado recomponer los pedazos... Él la había besado. Ella se había dejado besar. Y, en el momento en que sintió su lengua en los labios, supo que era demasiado tarde. Que no quedaba ya nada que salvar. Que iba a marcharse.

Se acostaron. Desnudos. Él la deseaba. Ella no lo

deseaba. Esa época en la que ella fingía había pasado hacía mucho. Sabía que existía otra cosa, en otra parte…

Su pareja se había ido, y ella no había hecho nada por retenerlo.

Entonces, esa mañana, ella supo que no era una mañana cualquiera. Cogió su bolso, cerró la puerta, echó un vistazo al correo del día anterior, en el buzón todavía. Solo un sobre grande de los hoteles Barrière. Deauville… A veces la vida nos guiña el ojo…

Alzó la mirada una última vez. Seguía sin haber nada. Se subió a su Smart, puso su CD preferido. Ni Delerm ni ningún otro cantautor francés… No, algo más alegre, una mezcla de rap y soul…

Arrancó. Se echó a llorar. Por fin.

Ponemos el loft en venta el lunes.
Un beso.

Estamos a 4 de septiembre.

33

Él lee el e-mail al día siguiente.

Es un domingo de septiembre. Acaba de llegar a su despacho. Cualquier cosa antes que quedarse en casa. Huir de esa mujer a la que no quiere ver, de esa vida que ya no quiere vivir.

Ella también trabaja. Está hablando delante de la máquina del café cuando le suena el móvil. No oye más que sollozos, alguien que no llega a articular ninguna palabra. Comprende que es él, que no logra calmarse, respirar, hablar. Le dice que es un infierno, que no puede más, que se separará de su mujer, que no puede vivir sin ella. Ella no reacciona. Ha esperado tanto oír esas palabras... Y llegan en el momento en que ya ha dejado de esperarlas. Empezaba a hacerse a la idea de crearse una vida nueva sin él.

Vuelve a hundirse con solo oír su voz. Hace lo que le da la gana con ella. La abandona, vuelve a tomarla, la tira, la atrapa con un dedo. Ella dice que sí. A todo lo que haga falta. Ella dice que sí porque es incapaz de decir que no, incapaz de echarle en cara sus debilidades, su egoísmo, incapaz de reprocharle sus propias lágrimas, su sufrimiento, esa impresión de derrota.

Empezaba a alejarse de él.

Hablan. Como si no hubiese pasado nada. Como si nada pudiese acabar con esa complicidad. Hablan para compensar dos semanas de silencio. La ama con locura. Su mujer está ocupada examinando minuciosamente los extractos bancarios para saber cuándo se veían, dónde se veían. Él solo quiere que todo eso acabe, solo quiere vivir con ella.

Le dice que hablará con su mujer, no sabe cuándo, pero lo hará. Le dice que le duele hacer sufrir a la madre de su hija, que sabe que su esposa se marchará, pero que no puede vivir en ese simulacro de matrimonio en el que ya no hay amor. Se calma, se echa a llorar de nuevo, ríe.

Le dice que solo ella consigue hacerlo reír y llorar al mismo tiempo.

Sobre todo le dice que está listo, que lo sabe, que lo siente. Que no habrá más arrepentimientos. Lo ha hecho todo por su matrimonio, lo ha intentado todo. Y no lo consigue. No puede. Solo quiere vivir con ella, dormir entre sus brazos, verla sonreír por las mañanas, hacerle el amor. Es cuestión de días.

Ello lo cree.

Se equivoca.

34

La farsa dura dos semanas.

Dos semanas durante las cuales cada día le dice que está en pleno proceso de separación de su mujer. No se separan. Dos semanas durante las cuales, por primera vez en su historia, le miente, le hace creer en un futuro en el que ni él cree. En el fondo, sabe ya que no se irá de casa. Tuvo un momento de debilidad, no tiene valor ya para hacerse cargo, no sabe cómo dar marcha atrás. Ya no sabe cómo decirle que va a dejarla una vez más, que la hará llorar una vez más, que la hará sufrir una vez más.

Una peli mala de serie B. Su historia se vuelve sórdida. Y ella soñando con que fuese hermosa hasta el final...

Su mujer lo entendió. Entendió que su marido ya no estaba enamorado de ella, que su hija era su seguro de matrimonio. Y está dispuesta a todo.

Es sábado por la tarde. Ella está al teléfono, en una tumbona delante del loft, que ha podido recuperar durante unos días. Aprovecha los últimos rayos de sol de septiembre. Acaban de hacer el amor, en casa de él, en su sofá. Una vez más, le ha prometido que todo se arreglaría.

Su mujer ha vuelto sin que ella la viera pasar. Pero la ve bajar. Lleva a la niña en brazos. Él la sigue, con la cabeza gacha.

Tocan fondo. Ella ni siquiera reacciona. Quizá en su interior también desee que todo termine. Las dos decidirán por él. Cuando la esposa empieza a hablar, ella les dice que entren, por temor a que los vecinos los oigan.

Se arrepentirá durante mucho tiempo de no haberlos echado, de no haberles dicho que salieran de su casa. Sobre todo se sentirá molesta por el hecho de que él acepte esa situación. Son tres. Ella está sola.

Su mujer toma la palabra. Dice que sabe que están viéndose de nuevo, que esa vez quiere que él elija definitivamente. Dice que la situación es insostenible, que no puede hacer sufrir a las dos durante meses, que tiene que aceptar esa responsabilidad. Dice que puede decidir separarse de ella, que en ese caso se marcha. Lo ha consultado, hay un vuelo a Nueva York al día siguiente, a mediodía, se va con su hija, él podrá rehacer su vida. Sostiene en brazos a su hija, una renacuaja de dos años que no entiende lo que está en juego. La sostiene delante de él, para que la vea bien, para que no olvide lo que va a perder, lo que dejará partir. Tan lejos.

Él no responde.

Sentada en el sofá, ve cómo esa pareja se rompe. Se pregunta qué hacen ahí, en su casa, en su salón. No se mueve.

La esposa continúa. Le dice que basta una palabra suya para que suba a hacer las maletas, para que él recupere su libertad. Sigue sosteniendo a la niña en brazos.

Él mira a su mujer. Fijamente. Y le dice en voz baja que ya no la quiere. Como un acto final de coraje, el último.

Ella responde que le da igual. Está dispuesta a vivir con un hombre que ya no la quiere para salvar su matrimonio, para que su hija viva con su padre, para conservar su vida acomodada. Dice que incluso puede llegar a aceptar que tenga una amante, que, después de todo, lleva siete meses soportándolo, así que bien puede continuar. Siempre y cuando no se divorcien. Le pregunta una vez más si sube a reservar los billetes de avión. Él murmura que no. Se ha acabado.

Ha ganado la esposa.

Ella lo mira. Él mantiene la vista gacha. Ella se pregunta cómo pudo enamorarse de él. Un hombre que no la quiere lo suficiente para ahorrarle ese sufrimiento. Está en su casa, sentada todavía en su sofá, los ve marcharse. Vuelve a abandonarla, a ella, que ni siquiera le había pedido que regresara.

Su mujer le dice que la avise si él la llama. Ella no responde. Es él quien responde que, si sucumbe de nuevo, es que habrá decidido abandonarla de verdad. Definitivamente. Nunca cierra la puerta. La deja entreabierta. Le deja una esperanza, por pequeña que sea, de que vuelvan a estar juntos. Es incapaz de permitirle alzar el vuelo. Prefiere hacerla esperar, antes que perderla de verdad.

La mujer sale con la niña en brazos, él la sigue sin una sola mirada ni una sola señal. Ella se queda en su sofá.

Se dice que acabará muriéndose.

Estamos a 19 de septiembre.

35

Va a llorar. Bastante más que la última vez. Es mucho más duro que la última vez. No sabe por qué. Solo sabe que le duele todavía más. Se reprocha haberlo creído, cuando se había jurado que no volvería a caer, que no volvería a creer. Y le duele.

Con todo, tampoco es que tenga elección. Debe continuar avanzando, recordarse que tiene una vida que construir, que reconstruir, que necesita pensar en sí misma más que nunca.

Tiene que buscar apartamento. Su expareja se ha ido al extranjero, ella sigue en el loft, en casa. Así al menos puede dejar de ocupar casas de amigos, de tener un coche por hogar.

Pero paga cara esa comodidad: lo ve pasar cada mañana, regresar cada tarde, con la mirada esquiva, como si se avergonzase de haberle hecho creer que su vida en común era posible. Entonces los ve vivir, a él, a su mujer y a su hija. Los ve salir, ir al cine, volver del mercado. Los ve recibir a amigos en casa, llevar una vida normal, como si nada hubiese pasado. Sabe que se van de fin de semana a Italia, como enamorados, una historia de reencuentro, de reconstrucción de la pareja, ella solo alcanza a respirar. El lunes por la mañana oye a su mujer explicar a la vecina de al lado que los tres días en Roma han estado muy bien, que han disfrutado muchísimo. Ella se ha pasado el fin de semana vomitando.

Le envió un mensaje en plena noche, solo para decirle que mientras él pasaba un fin de semana de ensueño ella estaba durmiendo junto al trono, para no tener que levantarse de la cama cada vez que la bilis le subía. ¿Por qué es feliz él? ¿Por qué agoniza ella? Se dice que no es posible.

Advierte que él tiene un aire profundamente triste, de que fuma cada vez más, cuando él no fumaba. No se hablan, no hay nada que decir. No se escriben. No la mira cuando se cruzan. Lo ve marcharse con su mujer por la mañana. Las dos se sostienen la mirada. Una tiene un aire victorioso, la otra no quiere bajar la mirada, en un último acto de amor propio. Él mantiene la vista apartada, dividido entre esas dos mujeres que se enfrentan. Se limita a observarla desde arriba. Se pasa horas, la noche, una vez que se han acostado su mujer y su hija, con la mirada fija, devorándola, espiándola. Es su única forma de decirle que piensa en ella, que, en el fondo, solo piensa en ella.

Ella lo llama para suplicarle que pare. Es una excusa para escuchar su voz. Le explica que no puede despegarse de la ventana si sabe que él está ahí, sus vidas solo giran en torno a esas miradas intercambiadas en plena noche. No volverán a acostarse, no logran acabar con esa única forma de comunicarse que les queda.

Él no piensa hacerlo. Continúa viéndola vivir, unos metros más abajo. Es lo único que le queda… y no durará mucho.

Ella multiplica las visitas a apartamentos. Son muy pequeños. Cuando ve esos estudios sórdidos, se dice que no lo conseguirá, que esa vez toca fondo, que alcanza el punto de no retorno; contempla su vida y se pregunta cómo ha acabado en semejante desastre. La invade un terrible sentimiento de injusticia, como si ella fuera la única que pagase. Sabe que es responsable. Ha jugado y ha perdido. Y no puede evitar guardarle rencor porque él ha conservado su vida. En realidad, se guarda rencor a sí misma.

Está rodeada. Sus amigos no la dejan ni un segundo. La saturan de palabras, de historias sin interés, sobre la vida que continúa, sobre todo, lo que sea, para impedirle pensar. Únicamente está sola por la noche. Se pasa las noches contando las horas que pasan. Sobrevive. No vive más que para no llorar, para contener esas lágrimas que están listas para brotar, sin avisar, solo porque a veces es bueno aliviar el sufrimiento.

Sabe que va a ser difícil.

Hace exactamente un año estaba con su pareja en Nueva York, en lo alto del Empire State. Le pedía que se casara con él, ella decía que sí llorando de alegría. La vida era simple y maravillosa. Hace apenas un año.

Son las nueve de la mañana. La lluvia azota las ventanas. Se ha refugiado en un café para leer el *Libération*. Ha llegado pronto. Tiene una cita para visitar un apartamento, uno más. En la acera, la cola empieza a alargarse. Se desespera. Le suena el móvil.

Sabe que no es más que el principio. Que todos se van a acordar, que durará todo el día. Se ha mentalizado. Ha empezado desde que se ha levantado, con su madre y sus hermanos. Esa vez es su padre. No contesta. No tiene fuerzas. Sabe que ese día es aún más vulnerable que el resto. Enseguida se vendría abajo. No escucha el mensaje.

El apartamento es sórdido. No para de llover.

No arranca. Deja caer la cabeza contra el volante y llora. Le suena el móvil. Responde con la voz entrecortada y queda para otra visita. Continúa avanzando. Ha soñado tantas veces con vivir en Montmartre… No es momento de hundirse.

Aparca el coche en una callejuela adoquinada sin salida. Alza la vista, trata de convencerse de que se encuentra bien, evita emocionarse. Sigue al agente inmobiliario, sube la escalera sin decir nada e intenta sentir alguna cosa. Accede a un pequeño apartamento de un dormitorio, completamente blanco, echa un vistazo a la habitación, imagina su cama encima del parquet, sus cajas apiladas en un rincón. Se lo imagina. Ve el sol que se cuela entre los árboles y entra en la cocina, mira el cuarto de baño. Ese es.

Pregunta si pueden darle las llaves en tres días, explica que querría mudarse el fin de semana siguiente. El agente inmobiliario comprende que tiene prisa y le asegura que no hay problema. Ella le hace el cheque, coge un duplicado de las llaves, le estrecha la mano y se va. Sonríe.

Compra varias botellas de champán, cuatro fruslerías para picar, y vuelve al loft. Ve luz en las ventanas del segundo. Aparta la vista. Esa noche no, ya ha llorado bastante. Siente que ha ganado, que merece esa paz interior que empieza a asomar. Sus amigos la esperan, no se les ha olvidado. Les dice con una sonrisa que ha encontrado apartamento. Tiene los ojos empañados, esas puñeteras lágrimas, constantemente. Está tan nerviosa... Saben que era el mejor regalo de cumpleaños que la vida podía hacerle.

En el segundo, han organizado una fiesta. Él está en la ventana, la ve tomándose una copa de champán, riendo demasiado alto, solo para mostrarle que vive sin él. Su mujer lo abraza, él entra y vuelve a cerrar la ventana. Ella no piensa llorar, esa noche no.

Es su cumpleaños, se ha prometido pensar en otra cosa. Esa noche, no recibirá ningún regalo, sino un vale para una cadena de alta fidelidad, destinada a su nuevo apartamento, su nueva vida.

Tiene 31 años.

Estamos a 28 de septiembre.

36

Siguen mirándose a través de la ventana, pero esta vez ella sabe que no es más que cuestión de días, cuestión de horas. Hace decenas de viajes entre el loft y su apartamento completamente blanco, empieza a llevar algunas plantas, una lámpara, un cesto lleno de figurillas. Tiene previsto hacer la mudanza el domingo. Ha alquilado un camión y reclutado a algunos amigos. El apartamento es pequeño, no se lleva gran cosa. Poco importa.

A través del ventanal, él la ve preparar cajas, la ve prepararse para marcharse. Cuenta los días, las horas. Ha buscado su nuevo número de teléfono, ha buscado su nueva dirección en un plano. Lo daría todo por saber cómo es, por poder imaginársela entre sus nuevas paredes, en su nueva vida. Le reconcome no saber nada.

No está cuando ella se va. Han tardado menos de una hora en cargar una vida entera. Una mesita de centro, una cama, algunas cajas de cartón, un cactus, su silla Philippe Starck, el Rothko de su madre, toneladas de libros. No la ve bajar las persianas ni cerrar la puerta con llave por última vez.

Son las nueve de la noche. Ella desembala de forma frenética. Necesita que eso parezca algo, sentir que por fin tiene un lugar propio, después de vagar durante semanas. Necesita desesperadamente instalarse. Está alterada, no debe pensar, ha de olvidar que es la primera noche, olvidar esa soledad que tanto ha temido. Las chicas la han invitado a cenar, y ha preferido quedarse en casa. Es inútil echarse atrás, tendrá que aprender a vivir con su ausencia. Tendrá que olvidar que habían imaginado un nuevo apartamento para los dos, con las cajas de los dos, no solo las de ella. Solo están las de ella.

Se siente casi bien. Él ya no la espía. Ella conoce la vida de él, los mañanas de él. Él ignora los suyos. Ella se siente fuerte. Por una vez tiene la impresión de que su situación es la más liviana de los dos.

A él le cuesta mucho más vivir sin ella desde que se ha ido. Antes podía estar al tanto de su vida. Saber si había vuelto a casa, si tenía amigos a cenar, si había comido, si estaba acostada. Ahora no sabe nada. Hay cosas peores que la ausencia, están la ignorancia y el silencio.

Con su mujer tiene altibajos. Se esfuerza. Aparenta que está bien cuando está mal, incluso llega a estar bien, aunque nunca dure mucho. Finge creer en esa nueva vida, creer que su historia ha vuelto a empezar, que la están reconstruyendo.

Ella habla ya de tener otro hijo. Él no quiere. Se mantiene firme, a pesar de su culpabilidad, de su debilidad. Cuando menos, da esa impresión. Hay momentos en los que ella lo nota ausente y se dice que es cuestión de tiempo.

Hacen el amor, a menudo, bastante más a menudo que antes. Ella comprendió que, si quería conservarlo, tenía que cambiar. El tópico de una vida sexual desgastada que se reactiva por una relación adúltera.

La esposa intenta olvidar que él ha disfrutado haciendo el amor con otra como nunca lo había disfrutado con ella. Lo sabe, lo ha ocultado en su interior, en un lugar que no abre nunca. Hace todo lo que puede. No sabe que nunca será parecido. Haga lo que haga. No sabe que hay cuerpos que nacen para encajar. Que no se puede hacer nada al respecto.

Así que follan. De forma mecánica. Él piensa en otra

cuando hace el amor con su mujer. Se dice que si compara lo que no tiene comparación no saldrá de esa. Se dice que el sexo no lo es todo, que ha vivido durante años así, sin saber que una cama podía parecer un paraíso, que lo olvidará, que escogió. Que el tiempo se encargará del resto.

Ya no se llaman. O casi. A veces tienen momentos de debilidad. A veces el uno se viene abajo, a veces el otro. A ella le cuesta contenerse cuando se ha tomado unas copas. Él le envía un e-mail cuando resistir le resulta insostenible. Se comprenden. Los dos saben lo insoportable que, a veces, es la ausencia.

Ella recibe un e-mail. De él. Vacío. Solo aparecen su nombre y su número de teléfono. Enviado desde el despacho un lunes por la noche. Como una llamada silenciada, un signo que oculta qué palabra representa. Un e-mail vacío que dice un montón de cosas. Un e-mail que demuestra que piensa en ella.

Le responde:

Si es para darme tu número de teléfono, es muy amable de tu parte, pero aún no he sido capaz de borrarlo.

No hay respuesta.

Ella le envía:

Si es para mostrarme que piensas en mí, has hecho
bien.
Me complace saber que aún no me has olvidado del
todo.

Él le responde:

Sí.

Aún no la ha olvidado.

Estamos a 6 de octubre.

37

Lo lleva mejor, aunque le cuesta levantarse por las mañanas. Sabe cómo evitar los bajones demasiado violentos: sobre todo, no debe remolonear en la cama ni soñar despierta debajo del edredón. Enciende la radio en France Info, no es momento de escuchar el último tema de William Sheller; por la noche llama a los amigos hasta la extenuación, tanto en el salón como en habitación tiene siempre el ruido de fondo de la tele, y ni intenta leer libros, pues le resulta imposible concentrarse en una historia: la lectura propicia las ensoñaciones y, por lo tanto, la depre. Prefiere ver cualquier cosa por la tele... siempre y cuando no trate sobre el gran amor, el matrimonio, el adulterio y los vecinos.

Vuelve a reír. Está lejos de imaginarse con otro, pero se imagina sola. Ya es algo. Ha vuelto a empezar su vida de soltera. Una vida de fiestas, cenas, encuentros, imprevistos, de libertad.

Está buscando trabajo. Ahora que ha creado su nido, pasa a la segunda fase de la reconstrucción: averiguar qué hacer con su vida. Va poco a poco, reflexiona, se toma su tiempo.

Recupera las salidas, el teatro y la danza. Desde hacía meses, solo tenía energía para él. Se abre de nuevo al mundo, disfruta de esa ciudad que tanto le gusta.

Sale del Théâtre de la Ville cuando la llama una de las chicas. Está tomando algo en casa de un amigo muy majo en Le Marais. Insisten en que los acompañe. Después de todo, al día siguiente no trabaja, tiene la vaga impresión de haber retrocedido varios años, hasta esa época en la que, como estudiante, no tenía ninguna atadura. Esa época en la que podía pasarse las noches arreglando el mundo en casa de gente a la que apenas conocía. Esa época en la que aún soñaba con el gran amor.

Llega a un estudio amplio. Hay un montón de velas por todas partes, el ambiente es agradable. El propietario del lugar la espera en el vano de la puerta con una sonrisa de bienvenida. Está soltero, y salta a la vista que sabe que ella también. Es moreno, alto, un chico bastante guapo. Le pregunta si quiere vino tinto u otra cosa. Ella le dice que el vino tinto es perfecto.

Pasan las horas, las botellas se vacían. Hablan de todo y de nada. Hay sonrisas que se prolongan, miradas. A las cuatro de la madrugada, él le enseña a tocar el bajo. A las cinco, le da un masaje. Está achispada, se siente bien, se deja hacer. En un instante de lucidez, se pregunta por qué no iba a hacerlo. Y lo hace. A las seis de la mañana, la besa.

Se da cuenta de que quiere demostrarse que está recuperándose. Sabe que es un poco pronto, que se arriesga a quemarse las alas. Los demás se han ido. Están solos. Las velas se apagan una a una. Conversan, arreglan el mundo, se sonríen. Él es dulce, le abre los labios con la lengua y ella se deja hacer. La desviste, le succiona los senos, y ella no piensa más que en la boca de otro. No puede. No quiere. Él lo nota, lo sabe, lo comprende, la abraza, la acaricia, la consuela. Ella está triste, y al mismo tiempo sabe que acaba de dar un paso de gigante. Cada cosa a su tiempo.

Se duerme entre sus brazos.

Se despierta con el día. Él todavía duerme. Ella se levanta, se viste, lo mira, le envía un beso desde lejos, deja una nota anodina en la mesa del salón y se va cerrando la puerta con suavidad.

Está a cinco minutos del loft. Puede estar allí hacia las nueve. Solo quiere verlo salir después de haber pasado la noche en los brazos de otro, solo para saber si las cosas han cambiado, para saber si ella lo ve de un modo distinto, solo tiene ganas de verlo y de saber. De analizar sus sensaciones.

Aparca y sale del coche en el momento en el que él franquea el porche. La descubre y baja los ojos; ella lo ve pasar, hace como si no la viese. Y ella siente lo que ha ido a buscar: lo lleva mejor. Por fin siente que lo lleva mejor. Está recuperando su vida.

Ella le escribe:

Esta mañana nos hemos cruzado como cualquier otra mañana. No me has dicho nada. Ni una palabra. Ni un gesto. Un poco como si te cruzases con cualquiera. Y, aun así, esta mañana no se parecía a ninguna otra.
Esta mañana, salía de los brazos de otro hombre, de la cama de otro hombre. Esta mañana, he hecho el amor con un hombre que no eras tú.
Esta mañana me has perdido.
Por fin.

Se lo cree. Ha alterado ligeramente la realidad. Venganza humana. Y busca ese carácter irrefutable, definitivo. Irreversible. Sabe que lo está perdiendo, que por fin él podrá dejar de sentirse culpable al saber que ella vuelve a vivir. Sabe que es un punto final. Por fin ha encontrado el final de su historia. Ha besado a otro hombre, se ha reído en los brazos de otro hombre.

Le envía ese e-mail para acabar con su historia, para que haya un verdadero fin, y no esa última partida, en su salón, con la puerta dejada entreabierta. Le envía ese e-mail para hacerle daño, una última vez. Para que él también conozca el sabor amargo de los celos.

Se desviste, se acuesta, se queda dormida. Le suena el móvil. Ve su nombre en la pantalla. Él llora. Entre sollozo y sollozo, comprende que él le ha enviado un e-mail, ella dice que no lo ha leído.

Él le ha escrito:

Porque no hay mañana en la que tu ausencia no me retuerza las entrañas.
Porque no hay noche en que consiga refrenar el deseo irracional de besarte.
Porque la vida sin ti se parece a la prisión de Fleury-Mérogis.
Porque tus besos valen más que todas las desgracias que puedan venir.

Porque es inhumano hacer sufrir tanto a la persona a la que se ama.

Porque dejar de hacerte el amor es un insulto a la naturaleza.

Porque estoy loco por tus ojos, por tu piel, por tu voz.

Porque te quiero desesperadamente.

Me basta con una palabra tuya para separarme de ella.

Estamos a 13 de octubre.

38

Ella le pregunta si sirve cualquier palabra o es necesaria una palabra en particular. Cualquier palabra sirve. Entonces le dice que la deje sin más. Él le responde que va a hacerlo sin más. Ella le pregunta cuándo. Él le responde que esa misma noche.

Quedan en el Fumoir para comer. Hace semanas que no se ven, y es como si lo hubiesen dejado el día anterior. Él le habla de esos días sin ella, pensando en ella. Ella le habla de la ausencia, de la guerra contra sí misma para salir de esa, para vivir otra cosa. Sin conseguirlo, o a duras penas.

Ella le dice que esa vez él no puede hacer como la última, que ya no puede jugar con ella. Él le dice que esa vez conoce la vida sin ella, conoce demasiado la vida sin ella.

Él la observa, la devora con los ojos y tiembla al mismo tiempo. No puede tragar. Sufre una crisis de epilepsia, una crisis de angustia de alguna clase, la única forma de dejar salir el miedo que lo invade ante lo desconocido, ante esa vida que construir, ante los llantos que vendrán. Pero ha tomado una decisión. Quiere vivir con ella, tener un hijo con ella, dormirse con ella, despertarse con ella. Ella es lo único que él quiere.

Tiene miedo. Ella también. Tanto miedo que una vez más la abandona ahí, con sus esperanzas truncadas, pisoteadas, aplastadas. Con sus lágrimas y su dolor. Se dice que cada vez que vuelve a empezar a vivir él la atrapa con las yemas de los dedos justo antes de que desaparezca por completo en el horizonte. Se dice que el dolor ha sido cada vez más violento. No osa imaginar la próxima vez.

Pero en esa ocasión no cambiará de parecer.

Por la noche, él ha vuelto a casa. No ha dicho nada. Había invitado a su hermano y a su cuñada a cenar. Hablaban del cumpleaños de los niños, que podrían organizar juntos, proyectos. Él no decía nada. Se había ido ya, sabía que lo más duro aún estaba por llegar, pero había escogido. Sabía que debería asumir las consecuencias. Le dolía el estómago, le dolía la cabeza, le dolía todo. Estaba muerto de miedo.

No ha podido quedarse hasta el final de la cena. Ha ido a acostarse, aduciendo una jaqueca. Ha dado vueltas y más vueltas en la cama hasta entregarse al sueño. Y cuando su mujer se ha unido a él, dormía profundamente. Lo ha despertado. Le ha dicho que esa vida no era posible ya. Él nunca sabrá si se habría atrevido a abordar el asunto si su mujer no lo hubiese hecho antes. Su esposa no sabrá nunca que él solo esperaba eso, que ella abriese la puerta para que él saliera corriendo. Su mujer lo provocó para que cambiara, para que se esforzara. Nunca habría imaginado que elegiría dejarla. Nunca habría imaginado que había decidido marcharse.

Se han pasado la noche discutiendo. La esposa ha llorado, gritado, suplicado, ha estampado el móvil contra la pared, le ha contado que pueden olvidar todo eso y retomar su vida con normalidad.

Él ha gritado, ha llorado al verla llorar. Y le ha hablado, por fin. Le ha confesado que amaba a otra con locura, que solo soñaba con vivir con otra. Le ha dicho que esa vez era el final.

Una noche de ruptura, sin sueño, una noche de violencia, una noche de guerra de nervios en la que su mujer lo ha intentado todo. Una noche, y se ha ido.

A las ocho de la mañana, la esposa herida ha llamado a su rival, que esperaba una palabra, un mensaje desde la noche anterior. Le ha dicho que había ganado, que su marido la dejaba, que podía quedárselo. También le ha dicho que jamás tendrían a su hija.

39

Él llega al cabo de una hora, con cuatro cosas y unos cruasanes. Ella lo abraza, lo estrecha entre sus brazos, casi con timidez. Como si hubiese que domeñar esa nueva libertad. Tenía mucho miedo de que estuviese hundido. Tiene una sonrisa en los labios. Los lloros y los remordimientos serán para más tarde.

La toma entre sus brazos, la echa sobre la cama y comienza a besar cada centímetro de su piel... Pasan el día encerrados, con los teléfonos apagados, decididos a olvidar a los demás, a disfrutar del reencuentro, de ese futuro que se abre al fin para ellos, de esa nueva vida en pareja, los dos.

Tienen tiempo que recuperar. A ella le cuesta creer que él esté ahí de verdad, en ese apartamento que alquiló para olvidar, para vivir otra vida. Él está ahí, en la cocina, está ahí, bajo la ducha, ahí, en el sofá. Lo ve tomar posesión de los lugares y se percata de que se le saltan las lágrimas de felicidad por cualquier cosa. Le da el duplicado de las llaves, el código, le pregunta si de verdad van a verse todas las noches, si de verdad van a vivir juntos. Él la mira sonriendo, la abraza. Por fin van a respirar.

Al día siguiente, comienzan una vida casi normal. Y esa normalidad los asombra… Se van a trabajar por la mañana, diciéndose hasta esta noche. Hacen todas esas cosas que hacen todas las parejas sin darse cuenta, todas esas cosas que ellos encuentran tan extraordinarias. Les parece increíble cenar en la cocina sin mirar la hora, hacer el amor cada noche al acostarse, cada mañana antes de levantarse, cuando uno de los dos se despierta de madrugada para pegarse aún más al cuerpo del otro. Usan y abusan de esa libertad hasta desgastarse la piel, hasta desgastarse los labios, hasta desgastarse el sexo.

Les parece increíble, y lo saborean. Aunque no todo sea de color de rosa. Aunque su mujer llame decenas de veces, pruebe con la dulzura, el dolor, los insultos, las amenazas. Aunque cada vez que él vaya a ver a su hija le resulte insoportable.

Hace apenas una semana que abandonó el domicilio conyugal cuando su mujer le anuncia que se va. Vuelve a casa, a Nueva York, para reconstruir su vida, buscar trabajo, apartamento, una escuela para la pequeña. Se marcha. Con su hija. Él sabía que iba a pagarlo. Tenía razón. Ha llegado el momento de saldar cuentas.

Ella se va para averiguar cómo puede continuar su vida en casa, a miles de kilómetros de él, para demostrarle que es capaz de hacerlo en caso de que lo hubiese dudado. Se va para que él vuelva. Enseña su última carta.

Él no quiere pensar en ello. Solo quiere disfrutar de la mujer de su vida, no pensar en que dentro de unos días su niñita estará a miles de kilómetros. No pensar en que tendrá que inventar otra forma de vivir con su hija, en que tendrá que luchar por mantener su papel de padre, para que la pequeña siga hablando su lengua, para no sentirse culpable por dejar que se marche, para no tener la sensación de abandonarla. Sabe que deberá ser fuerte. Y es débil.

Ella sabe que será difícil, de modo que le hace la vida más fácil... Por la tarde, va a recoger los billetes de avión de la niña a la otra punta de París. Su mujer no tenía tiempo. Él no tenía valor. Ella intenta hacerle soportable la separación, a pesar de que sabe que no podrá eliminar el sufrimiento y la ausencia por completo a base de besos, aunque sean miles.

Tienen previsto viajar al día siguiente. Él ha pedido a su padre que las acompañe al aeropuerto. Él no tiene fuerzas.

Ella tiene que ir al teatro. Quiere cancelarlo, él le ha dicho que no lo haga, que él tiene un montón de trabajo, que luego se ven, que irá bien.

Ella tiene la impresión de que nada va bien, el desasosiego, el dolor insoportable. Sabe que es la única que puede suavizar el golpe. Cruza París en el sentido opuesto. Llega al despacho de él y sube. Ya es de noche, el lugar está desierto. Percibe luz detrás de una puerta, al final del pasillo. Ahí está él, solo. Llora. Sabe que dentro de veinticuatro horas su hija estará lejos.

Lo abraza, empieza a hacer el payaso como ella sabe, le arranca un suspiro, una sonrisa, luego una risa. Lo arrastra. Cierran la puerta, hacen el amor en el hueco de la escalera. Él está sentado en un escalón, ella no lleva nada debajo de la falda. Está sentada encima de él, siente que el placer asciende... cuando se enciende la luz.

Baja su jefe. Corren como niños, sin poder contener la risa, se suben al Smart y vuelven a ese pequeño apartamento que acoge su nueva vida. Él se duerme entre sus brazos. Una vez más, ha conseguido hacerle olvidar las lágrimas. Duerme con una sonrisa en los labios, pero ¿hasta cuándo?

Al día siguiente, ella le escribe:

Sabía que no podíamos equivocarnos,
que ver tu sonrisa cada mañana sería algo irreal,
que notar tu piel cada noche me produciría este
sentimiento único de vivir en el paraíso.
Sabía sin saber. Ahora, justo después de estas noches,
sé que no me había equivocado. Que no nos hemos
equivocado.
Sé que vivir contigo es felicidad en estado puro.
Algo que podríamos chutarnos de la mañana a la
noche con la sensación permanente de no haber tenido
suficiente. Nunca saciados. Siempre hambrientos.
Aunque no quieras comer conmigo el lunes.
Aunque no me regales flores cada noche.
Aunque no te hayas quitado la alianza todavía.
Aunque no hayas instalado los apliques del pasillo
todavía.
Aunque cocinar no se te dé bien…

Solo quería que supieras que el amor que siento por ti ocupa cada centímetro de mi ser. Profundamente. Intensamente. Inmensamente.

Estamos a 3 de noviembre.

40

Durante un mes, siguen viviendo como si fuesen una pareja normal. Disfrutan de esa felicidad inmensa tan deseada, tan esperada. Viven pegados el uno al otro, disfrutando de cada minuto, de cada segundo. Tienen momentos de tristeza, de abatimiento, pero nunca momentos de duda. Él se pasa las noches repitiéndole que ya nunca podrá dejarla, hacerle daño, él, que ya le ha hecho tanto...

Vuelve cada noche con esa sonrisa de incredulidad en los labios, como si no acabase de creerse que ella está ahí, ella, a quien por poco deja escapar.

Cenan en casa de unos amigos, se cuentan cómo les ha ido el día, hacen el amor, se despiertan por la noche, despiertan al otro, siempre insaciables. Todo es hermoso, muy hermoso, y sin embargo, ella no acaba de creérselo...

En el fondo, se muere de miedo.

Ya no es ella misma de verdad, es la sombra de sí misma. Ya no se atreve a decir nada, por miedo a contrariarlo, por miedo a que por cualquier nimiedad cambie de opinión y decida regresar a su otra vida. Ella es perfecta, se pasa los días inventándose disparates para hacerle la vida más bella. Lo ama con locura. Y escucha cómo él le dice veinte veces al día, cien veces al día, que la ama. Pero no sirve de nada: ella sigue temblando, sus noches están llenas de pesadillas. Se despierta por la mañana con ojeras, no dice nada, se contiene. No quiere imponerle su angustia. Él lo nota, intenta tranquilizarla. Ella se reprocha ese pánico, con todas las cosas con las que él tiene que lidiar ya, sus padres, la ausencia de su hija, el futuro, la venta del apartamento. Pero no sirve de nada, está saturada y aterrada.

Su mujer tiene previsto volver la semana siguiente para arreglar los papeles del divorcio y gestionar la venta del apartamento. Regresa con su hija, él podrá estrecharla entre sus brazos por fin.

Ella no estará. Debe irse a Lyon para hacer un reportaje, y no quiere irse. Tiene miedo de no estar ahí en caso de que lo asalten las dudas, en caso de que su corazón zozobre delante de esa niña. Él le dice que es mejor así, que podrá pasar tiempo con su hija, que no vale la pena que ella se vea envuelta en la crisis, las disputas, el ajuste de cuentas. Le dice que la quiere, todavía y siempre.

El día antes de irse, ella le escribe:

Ya te echo de menos.

Me culpo por angustiarme. Me culpo por llorar, yo, que desde el instante en que abro los ojos no quiero otra cosa que hacerte feliz.

Me culpo por pensar en mí cuando sé que para ti es más difícil.

Me culpo por venirme abajo cuando ya se ve la luz al final del túnel, justo ahí, no muy lejos.

Hago lo que puedo, y no puedo hacer mucho, me despierto aterrada, estoy así desde que me levanto hasta que me acuesto. El miedo. Pasará… Está claro que requiere un poco de tiempo.

Sé que me quieres.

Sé que estamos tremendamente bien juntos.

Siempre lo he sabido.

Y, por encima de todo, sé que esto no es más que el principio.

Solo necesito aceptar por fin la idea de que no desaparecerás de nuevo como si no hubieses venido nunca. Una vez más. Debo creer para dejar de temblar.

De manera que, sí, me aterra que vuelvan. De un modo egoísta. Me culpo por no confiar en nosotros, por dudar de la intensidad de nuestro amor, de este lazo que nos une y que nadie puede romper.

Te prometo que regresaré serena, que seré yo misma otra vez, que dejaré de vagar como una mujer que solo aguarda el momento en que se ejecute la sentencia. La nueva ausencia.

Sé, amor mío, que hemos hecho lo más duro.

Espérame, vuelvo enseguida.

Besos hasta el infinito.

(Aparte de eso, he encontrado en H&M la chaqueta de lentejuelas de Karl Lagerfeld que busca la gente chic de París, de mi talla, y me la he comprado porque la busca la gente chic de París. Estelle está fuera de sí porque la busca tanto como la gente chic de París, y yo soy afortunada por tenerla… Aunque creo que en realidad no me gusta y que la he comprado porque la busca la gente chic de París, y voy a devolverla. Ya ves, soy ridícula. Pero me doy cuenta).

41

Ella se ha ido hace unas horas.

No logra localizarlo y le deja mensajes, y él la llama desde la entrada del edificio, una charla breve para decirle que todo va bien, que al final pasará la semana en su casa para disfrutar al máximo de su hija antes de que se vaya. Ella le pregunta dónde duerme, dónde duerme su mujer. Él duerme en la habitación de invitados; su mujer, en el dormitorio de ambos. Él le explica que hablan durante horas para arreglar todos los detalles económicos de la separación, que no va demasiado mal, aunque hay crisis y lágrimas.

Intenta convencer una vez más a su mujer de que no se vaya, de que se quede en Francia, de que busque trabajo ahí para no privar de un padre a su hija. La esposa no atiende a explicaciones. No es ella quien ha decidido hacer saltar su vida por los aires, no es la responsable, es la víctima. Ni hablar de que ella sacrifique su vida cuando él decide irse a vivir con otra. Él ha elegido, él asume las consecuencias.

La esposa abandonada no ha perdido la esperanza de recuperar a su marido. Al principio, quería volver sola. Finalmente ha viajado con su hija, su mejor baza, la única oportunidad de salvar su matrimonio. Lo ha apostado todo a ese reencuentro, sabe que es ahora o nunca. Será ahora.

Ella nunca sabrá si decidieron retomar la vida en común el primer día o si él se resistió antes de ceder. Después de todo, poco importa, veinticuatro horas o setenta y dos... En ambos casos, es muy poco tiempo para olvidar tantas promesas. De sus sueños, de su futuro, de su historia, de todo eso, en unos días, no quedó nada.

Aún no lo sabe.

En un último gesto de benevolencia, él pretende esperar a que regrese a París para anunciarle que finalmente se larga, que la abandona una vez más... Pero su mujer no piensa de la misma manera. No hay piedad para una rival, la esposa quiere su victoria. Le da igual que la otra esté sola, en Lyon, en una habitación de hotel, lejos de su casa y de sus amigos; le da igual que sufra, quiere machacarla, acabar con ella. Eso o coge el primer avión de vuelta a Nueva York. Su último chantaje es un éxito.

La rival ha salido a cenar con una amiga de la infancia. Es su última noche lionesa, tiene pensado regresar a París al día siguiente, por fin. Se ha sentido tan vulnerable desde principios de semana, lejos de él, lejos de casa, lejos de sus amigos y su vida... No ha dormido mucho, sus noches están pobladas de miedos y preocupaciones, atormentadas por la ausencia y un enorme sentimiento de impotencia.

Esa noche, sin embargo, se siente aliviada, la semana ha terminado. Sabe que al día siguiente volverá a verlo.

Le suena el móvil. Duda si responder. Hace meses que no ve a su amiga, están celebrando el nuevo beaujolais en un pequeño restaurante típico de la ciudad, tiene ganas de disfrutar de la velada. Vacila: llamarlo más tarde o descolgar. Descuelga. Solo lo oye murmurar entre sollozo y sollozo que se ha terminado. Y cuelga.

Ella lo llamará, y él no responderá en toda la noche.

No duerme.

Lo llama sin tregua, al móvil, al fijo, al uno, al otro, al uno, al otro, incapaz de controlarse. Al otro lado el tono no varía. Ocupado. Para volverse loca. Han acabado con ella y han descolgado para dormir en paz.

Al día siguiente, mal que bien, se encarga de las últimas horas de trabajo, interminables. Coge un taxi en cuanto puede, corre a la estación. Lyon-Part-Dieu/Gare de Lyon. Dos horas. Dos horas que pasa intentando hablar con él, sin parar. No ha comido nada durante las últimas veinticuatro horas, está mareada, tiene ganas de vomitar, llora, sentada en las escaleras del TGV, llama a las chicas, vuelve a llamarlo. Contestador.

Le envía un mensaje:

Nos vemos a las nueve en la Gare-du-Nord. Si no estás allí, me planto en tu casa

Él sabe que es capaz.

A las nueve lo espera en doble fila. Él entra en el Smart sin pronunciar palabra. No tiene fuerzas ni para mirarla. Ella se ha maquillado e intenta poner buena cara, le gustaría evitar los gritos, las lágrimas, conservar algo de dignidad en medio de esa historia que acabará destrozándola.

Se dirigen a un bar de Montmartre, aparca, ninguno de los dos tiene ganas de ver gente en realidad y se quedan ahí, en ese coche que ha acogido momentos tan dulces y momentos tan duros. Uno más. Él llora. Lo ha visto llorar tantas veces desde que empezó su historia que ni siquiera sabe ya si aún la conmueve. Se pregunta por qué él, por qué es capaz de soportar eso por él, por qué ahí, ella todavía quiere intentar salvar su relación. ¿Qué tiene ese hombre de extraordinario para que soporte semejante situación? No lo sabe. Así de simple.

Y entre gimoteo y gimoteo, le sale de nuevo con ese cuento que ella se sabe de memoria. Si estuviese en plan guasón, hasta podría pronunciar las palabras por él. No puede vivir sin su hija, creía que sí, pero no.

Están ahí, en ese coche, en la rue des Abbesses, desde hace una hora, quizá dos. El móvil de él no para de sonar; es su esposa, seguro, que se inquieta, que tiene miedo de que su marido desande el camino por enésima vez. La escena roza lo ridículo. Ella le dice que salga, que esa vez se ha acabado de verdad, que está harta. No llora, se muestra airada, casi vulgar. Está hasta los ovarios de sus dudas, de sus crisis. Solo quiere que salga del puto coche y desaparezca de su vida. Se acabó. Esa vez no bromea. Él entra en pánico.

Se abalanza sobre ella, le dice que no puede vivir sin

ella, que es la mujer de su vida, que no sabe qué le ha dado, que ya está, que vuelven a casa en ese momento... Ella lo mira, con incredulidad. Cómo fiarse, una vez más... Y cómo rechazar esa nueva invitación a la felicidad...

Le pide que se quite la alianza, le exige un anillo como prueba de la enésima promesa de que dejará a su mujer. Ella se guarda el anillo de oro en el fondo del bolsillo de los vaqueros, se dice que al menos ha ganado algo, lo besa y arranca. Vuelven a casa.

Él llama a su esposa para comunicarle que no piensa volver. Al otro lado de la línea, ella alcanza a oír las lágrimas, los gritos, una ventana que se rompe, la histeria, las amenazas, el chantaje. Él no flaquea.

Unos minutos más tarde, llama su madre. Acaba de hablar por teléfono con su nieta, no entiende lo que pasa, creía que todo había vuelto al orden, que había decidido, hace apenas tres días, salvar su matrimonio. Le dice que vuelva a casa con su mujer y su hija, que ese es su sitio, como un buen padre y un buen marido. Y él no flaquea.

Al día siguiente, se va a cuidar de su hija unas horas antes de que esta se marche de nuevo al otro lado del

Atlántico. Le promete que regresará a última hora de la tarde, le dice una vez más que la ama.

No volverá nunca.

Estamos a finales de noviembre.

42

Hace una semana que se fue.
Ella creyó que iba a morirse. Que moriría de amor.

Durante dos días, lo creyó posible. Permaneció postrada en la cama. Llorando. Gritando. Muriéndose. Dándose cabezazos contra las paredes, con un trapo rojo al borde de la cama empapado de lágrimas y mocos. No sabía que el hombre es un animal. Lo ha descubierto.

Gritó desesperadamente. Con bramidos de bestia herida que siente que la muerte se aproxima. Con alaridos inhumanos. Vomitó. Tiró la alianza de él al retrete. Antes de vomitar de nuevo. De gritar, vomitar, gritar, vomitar. De escupir, atragantarse, gritar, llorar. Hasta el punto de no poder hablar, hasta el punto de no tener nada que decir. De no poder respirar. De no saber por qué respirar ya.

Por primera vez en su vida, no quiso ver a nadie.

Intentaba imaginarse la vida sin él. Sin su olor. Sin su sexo. Sin su voz. Sin su sonrisa. Sin su presencia. Él había elegido.

Lo veía por todas partes. Bajo la ducha, debajo del edredón, abriendo la puerta, vistiéndose. Cuarenta metros cuadrados repletos de él.

No podía imaginarse lo inimaginable.

Había soñado con una vida entre sus brazos, una vida con un hijo suyo, una vida para él.

Había olvidado que nunca había ganado nada, que nunca nada fue irrevocable. Que él podía volver a irse, tan rápido como había llegado. Había creído que los dos eran más fuertes que nada, que su amor era más fuerte que nada. Se había equivocado, no prestó atención, no se protegió. Se sentía al borde de la muerte.

Tuvo que aprender a aceptar que su amor por ella no era lo bastante fuerte. Aceptar que él podía imaginarse la vida sin ella. Aceptar que él podía elegir vivir sin ella. Aceptar que no la quería lo suficiente.

Entonces creyó que iba a morir.

No murió. Todavía respira. Ha vuelto a hablar. Ya no vomita. Todavía llora. Aunque menos. Comprendió que no iba a morir. Nadie se muere de amor.

Unos días más tarde, recibe:

Te alejas y, aun así, persiste este deseo que crece, sin
fin, sin fondo. Esta añoranza inagotable, sin límite, que
me tortura...
El día que dejes de quererme, escríbemelo, en negro
sobre blanco, para que pueda empezar a olvidarte yo
también...
Un millón de besos,

O.

Y empieza a escribir...

Estamos a 4 de diciembre.

43

Ella no lo consigue. Él tampoco.

Sin embargo, lo intentan con todas sus fuerzas, cada uno a su ritmo. Tienen momentos de debilidad, no por fuerza simultáneamente. Eso los salva durante un tiempo. Un día, es ella quien intenta contactar con él; al siguiente, es él. Saben que nunca serán amigos, saben que nunca podrán verse sin tocarse, sentirse, penetrarse. Sueñan con ello noche tras noche, día tras día, cada uno por su lado.

Ella recibe:

No puedo verte y no besarte.
No puedo besarte y no estrecharte entre mis brazos.
No puedo estrecharte entre mis brazos y no tocarte la piel.

No puedo tocarte la piel y no desnudarte.

No puedo desnudarte y no acariciarte el sexo.

No puedo acariciarte el sexo y no comértelo.

No puedo comerte el sexo y no tomarte justo después.

No puedo tomarte y no oír cómo te corres con fuerza.

No puedo oír cómo te corres y no estallar muy dentro de ti.

No puedo estallar muy dentro de ti y alejarme.

No puedo verte.

El ansia es demasiado violenta; el deseo, obsesivo; la abstinencia, insoportable. Ella se pasa las horas diciéndose que le gustaría contarle cómo le ha ido el día, pedirle opinión. Él se pasa las horas diciéndose que le gustaría saber qué hace ella, saber qué piensa, saber dónde está. Se echan de menos, cada minuto, cada segundo. Aguantan más mal que bien todo el mes de diciembre, algunos días de principios de enero... Y se vienen abajo.

Esa vez es ella. Solo quiere que vaya enseguida, que le haga el amor, que hablen, se miren, solo quiere sentirlo, oír el sonido de su voz. Le da igual que esté casado, le da igual saber que no volverá a abandonar a su mujer. Solo quiere estar entre sus brazos. Solo quiere lo mismo que él. Ella habla del deseo que la atenaza, que la despierta en plena noche. Él lo sabe. Él se despierta en plena noche para acariciarse al lado de su mujer dormida. Ella dice que la abstinencia es demasiado fuerte. Él responde que va enseguida.

Hacen el amor. Hablan. Durante horas. Ella le hace reír, siempre le ha hecho reír contándole sus historias. Él tiene la impresión de que le cuenta doce episodios de *Sexo en Nueva York*, solo para él. Adora la vitalidad que ella rezuma. Ella se reencuentra con su voz, su piel, sus ojos; él no deja de contemplarla, como si hubiese olvidado lo hermosa que la encontraba. Le hace el amor casi con violencia, como para vengarse por no haber podido hacerlo en tanto tiempo, como si recuperase sus marcas en ese territorio que sigue perteneciéndole solo a él. Está bien así, está tan bien así... Ella sabe que no puede vivir sin él.

Retoman su vida clandestina... No por mucho tiempo.

Han pasado la tarde en la cama disfrutando el uno del otro, protegidos del mundo exterior como para olvidar que existe. Son más de las diez de la noche cuando ella lo lleva a su casa, su mujer lo ha llamado ya decenas de veces. Él no ha respondido. Está sentado a su lado en el Smart, con la mano izquierda en su muslo derecho. No quiere volver a su casa, quiere quedarse con ella, quién lo iba a decir. Ella, por su parte, está harta de verlo llorar.

Lo deja y se va alegremente al cumpleaños de una de las chicas. Llega con dos horas largas de retraso a un restaurante en cuya chimenea arde un fuego enorme; todo el mundo parece muy contento de estar allí, ella respira y va besando mejillas conocidas… y desconocidas.

Él es alto, moreno, guapo. Es actor. Se miran, se observan, bailan. Acaba la noche en casa de ella. Se quedará casi un mes.

Al día siguiente, ella debería ver a su amor recién reencontrado. Él la llama, decenas de veces. Ella no responde, le envía solo un mensaje para decirle que no puede verlo. No está sola. Por primera vez, él la imagina en los brazos de otro, la imagina haciendo el amor con otro, cuando el día anterior hacía el amor con él. Va a morirse de celos, todo el sábado, todo el domingo. Él se muere, y ella revive.

El lunes por la mañana, ella deja al actor delante de un teatro y se va volando directamente a buscar a su amor reencontrado no muy lejos de la place de la Porte Maillot. Vuelven a casa de ella, las sábanas aún huelen al otro. A él le da igual, solo quiere sentir que le pertenece a él y a nadie más, ha tenido tanto miedo de perderla durante esos dos días que está dispuesto a perdonarlo todo. Hacen el amor, una última vez.

Justo después de correrse, ella le dice que esa vez se ha acabado. Lo deja, cogiendo al vuelo esa puerta de salida inesperada.

Dura un mes. Una historia sin amor, pero llena de placer, de ternura, de complicidad. Pero sin amor. Un mes durante el cual ella sigue teniendo noticias del único hombre al que ama de verdad, y del que intenta alejarse. Él viaja a Tokio por trabajo, quince días. Le pide que lo acompañe. Ella consigue resistirse. Se queda con su actor. En Tokio, es él quien se venga. La engaña, una noche, con una compañera de trabajo. Es lo primero que le cuenta cuando regresa. Solo para hacerle daño. Le hace daño.

Un mes de sufrimiento, para nada. Ella perdona la infidelidad de una noche en un territorio lejano de ultramar. Él perdona la historia del actor. Se aman.

Todo puede volver a empezar como antes. Pronto hará un año que se besaron por primera vez.

Estamos a principios de febrero.

44

Ella está en casa de su mejor amiga. Sale del cuarto de baño con un palito de plástico blanco en la mano. No sabe si reír o llorar. Coge el móvil.

Envía:

Hay historias cuyo final cuesta imaginar cuando comienzan.

Estoy embarazada

Estamos a 27 de abril.

45

Son las nueve de la mañana. Él llama a la puerta. Ella le abre. La besa con timidez, como si ya casi no se conocieran. Saben que a partir de ese día nada volverá a ser como antes.

Ella lo mira, sonríe, intenta comportarse como si no pasara nada. Le ha abierto esa puerta tantas veces, medio desnuda, medio dormida, con una sonrisa glotona en los labios...

Acaba de vestirse, se maquilla, se pinta los labios. Él no le quita ojo. Ella espera una palabra, una sola, una señal, nada.

Se sube al coche, y él le desliza la mano izquierda por el muslo derecho, hay hábitos que no cambian. Ella pasa por el laboratorio de análisis a buscar los resultados y la tarjeta de su grupo sanguíneo. Sabe que puede resultar útil en caso de hemorragia.

Tiene hambre.

Lo que más le apetece es fumar. Las náuseas la acosan de la mañana a la noche, como si antes de irse él quisiera recordarle que está ahí, en su vientre, de la mañana a la noche. Quiere fumar, aunque se maree, aunque le tiemblen las manos, aunque tenga ganas de gritar, de berrear; quiere un café solamente para poder fumar sin vomitar. Él se presta a todo lo que ella quiera, a todo lo que le apetezca, a todo lo que le impida llorar. Salvo a tener al niño. Pero un café, eso sí.

Hablan de todo y de nada, de los últimos cotilleos, de las últimas historias de las chicas, y él se la come con los ojos, como si siguiera queriéndola como el primer día. Pero si siguiera queriéndola como el primer día, no estarían ahí.

Es casi mediodía. Vuelven a subirse al coche, él coge el plano, busca la rue Nicolo, la guía hasta allí. A ella le resulta muy triste que él la guíe hacia esa clínica a la que ella no quiere ir, para abortar ese niño que él no quiere tener. Primera a la derecha, se equivoca, reculan; ella siente que se acerca el punto de no retorno, poco a poco, siente que está al borde de las lágrimas, se muerde los labios hasta que le sangran para no llorar.

Aparcan y entran en el vestíbulo de la clínica.

—Buenos días, viene por una IVE farmacológica.

Una vez, dos, no encuentran el código de facturación, tiene la tarjeta sanitaria caducada, la recepcionista grita.

—Gigi, ¿cuál era el código de facturación para la IVE farmacológica? Pues no, no funciona...

Ella ha dejado de escuchar, no quiere oír, aún tiene ganas de vomitar, de llorar. Siente náuseas, por esa puñetera recepcionista que no se sabe los códigos, por él, que ya no se atreve a mirarla, por la gente que la ha convencido de que lo más razonable es que no tenga a ese niño, por ella misma, que ha cedido.

Hay que ir a ver a madame M. Segunda planta. Maternidad.

Ella llora. Él sigue sin mirarla. Solo teme una cosa: que ella se dé media vuelta, que se quede ese niño que él no quiere, ese niño que destruiría su vida de familia acomodada.

Las puertas del ascensor se abren.

Debe elegir: a la derecha, sala de partos; a la izquierda, nido. Se pregunta si es voluntario o inconsciente. No para de llorar.

Llega la comadrona, le ofrece un vaso de agua. Le pide que la siga hasta una consulta. Una mesa, dos sillas, sin ventana. Nada. Él se sienta a su lado. No la toca, no intenta calmarla siquiera. Ella ya no puede parar de llorar. Siente que se muere. Se pregunta qué hace ahí. La enfermera le tiende el formulario que certifica su consentimiento. Ella firma. Un golpe de sello con la fecha. El 6 de mayo, ese papel demuestra que ha querido abortar. Él no tiene nada que firmar. Sin embargo, es él quien ha decidido que se deshaga de ese bebé, no ella, pero bueno, así son las cosas, una firma y un golpe de sello, sin más.

Ella sigue llorando. Él sigue sin mirarla.

Ella se sienta. La comadrona le explica el procedimiento. Se tomará tres comprimidos. Eso desprenderá el feto del útero. En cuarenta y ocho horas, deberá volver para tomar tres más, para expulsar el feto. Concluye diciéndole que no llore, venga, se tomará los tres comprimidos y no se hable más, ¿eh?

Se los toma. Él la mira mientras se los toma. Ella nunca podrá volver a mirarlo de verdad.

Vuelven a casa de ella. Él no la deja, sigue pegado a ella, como si quisiese que lo absolviera. Que se pudra. Ella solo lo desea a él, y es evidente que él la desea a ella. Como si fuese lo único que les quedara, ese deseo que se los come, los devora, esas ganas de que la tome, de que se hunda en ella, de que ella no sienta nada más, que no piense en nada más que en ese sexo que la atrapa, que la inunda.

Es un día triste, las ganas insoportables de hacer el amor siguen ahí.

Van a hacer el amor con la energía de la desesperación. Ella quiere hacerle disfrutar una vez más porque es lo único que le queda. No pueden hablarse ya, ni comprenderse ni perdonarse, no les queda más que esa atracción inexplicable que jamás se extinguirá. Ocurra lo que ocurra, más allá de lo comprensible y de lo audible.

Le dice que está loca, que los dos están locos, que no son normales, que no tienen derecho a tener ganas de hacer el amor hoy. Ella le responde que le importa un bledo lo que es normal y lo que no, que la cabrea con esos muros de convenciones que los asfixian. Ella siente el deseo de la desesperación. Desea odiarlo.

Por la noche no hace nada. Ve un *reality show* en la tele, es cuestión de atontarse. Se duerme exhausta. Está tan cansada desde que está embarazada... Aunque eso empieza a cambiar ya. Por primera vez en mucho tiempo no tiene náuseas. Sabe que él sigue ahí, en su vientre. Sin embargo, advierte que está yéndose.

Al día siguiente tampoco hace gran cosa. Ha quedado para salir a cenar con las chicas, pero empieza a sangrar por la tarde. Siente que su sexo se funde. Su bebé está a punto de irse. Él pasa la noche con su mujer, ella siente que su sexo se funde. Lo que esperaba comienza a ocurrir: empieza a odiarlo.

Él llega tarde. Debería estar ahí a las nueve. Son las nueve y media. Sigue sin aparecer. No responde al móvil. Lo odia un poco más.

Esa vez él la espera en el semáforo, abajo. Ella se sube al coche. Él no la besa. Se ha acabado. El muro está ahí. No desaparecerá nunca.

Hacen el trayecto en silencio. Él le pregunta si está bien. Ella no responde. Qué va a responder. No hay nada que decir. Tiene la impresión de haberlo dicho muchas veces. Y, sin embargo, esa vez no queda ya nada que decir.

Él aparca, ella empuja la puerta de la clínica sonriendo. Esa vez conoce el camino, ya ha cumplido con las formalidades administrativas. Solo tiene que ir a la segunda planta, a tomarse los tres comprimidos y a esperar. El feto se ha desprendido. Solo queda expulsarlo. La ginecóloga le ha advertido que quizá sea doloroso. Ella bromea con la enfermera, se blinda. Se ha prometido no llorar. No está segura de conseguirlo.

Se instala en esa habitación en la que pasará cuatro horas esperando. Escucha a la enfermera, que le explica que si quiere orinar debe hacerlo en una palangana de plástico para que ella pueda controlarlo, por si expulsa el feto al mismo tiempo. Ella hace como que escucha, ya no escucha nada, ya no quiere escuchar nada. Tiende la mano. La enfermera le da cuatro comprimidos.

—Tómese los dos primeros e introdúzcase en la vagina los otros dos.

Ella los parte por la mitad para que entren con mayor facilidad. Piensa que su historia de amor más bonita está a punto de acabarse un domingo de primavera en una habitación de hospital.

Llegan los primeros dolores. Traicioneros, lentos, van en aumento, le invaden el vientre, el cuerpo, la cabeza. Contracciones, punzantes, violentas. Durante cerca de dos horas se quedará doblada, al principio sentada, como le han dicho, luego acostada, porque el dolor es demasiado intenso y ya no soporta nada.

Lleva dos horas esperando, y él la abraza, la besa, hunde la cabeza en su cuello, él, que ha querido eso, que le pidió que lo hiciera.

Ella llama a la enfermera, le pide calmantes, algo, lo que sea con tal de que deje de dolerle. La enfermera le responde que no puede hacer gran cosa.

—¿Qué esperaba, señorita, que esto pasaría como si nada? Bueno, pues no. Tampoco es para tanto, ¿eh? Está abortando, así que tiene que dolerle...

Las contracciones la destrozan. Su ginecóloga la llama, le pide que se levante, que camine, que suba y baje la escalera del hospital para hacer que descienda ese condenado feto que se aferra a ella. Ella se levanta, se dobla en dos, la atraviesa una contracción más violenta que las otras, sale disparada hacia el aseo, no tiene tiempo de coger la palangana de plástico, nota que su cuerpo se abre, que algo cae, mira el fondo del retrete, en medio de la sangre hay una masa viscosa.

Jamás habría dicho que ya sería tan grande. Se pone a gritar. Él está al otro lado de la pared. Se agarra la cabeza con las manos. No vierte una sola lágrima. Ya no está embarazada. Ha ganado él.

Estamos a 8 de mayo.

46

Él la dejará en su casa unas horas más tarde.

Ella le pedirá que se quede un rato, lo justo para que se sienta mejor.

No se quedará.

No han vuelto a verse. Nunca.

Agradecimientos

Gracias a mi hijo por ser la mayor felicidad de mi vida.

Gracias a mi madre por hacerme ser quien soy.

Gracias a Sophie por haber creído en esto.

Y gracias a él por haberme enseñado que no hay nada más bello que amar, con locura, intensa y apasionadamente.

«Para viajar lejos no hay mejor nave que un libro».

EMILY DICKINSON

Gracias por tu lectura de este libro.

En **penguinlibros.club** encontrarás las mejores
recomendaciones de lectura.

Únete a nuestra comunidad y viaja con nosotros.

penguinlibros.club

Penguin
Random House
Grupo Editorial

 penguinlibros